Dieses Buch schenkt dir
deine aller, aller, aller, ――――― aller,
aller, ――――― Beste Freundin:
Dilek Akgül
Ich wünsche
dir viel glück.

Heyne · Was wusste Jasmin S.?

Isolde Heyne

Was wusste Jasmin S.?

Loewe

Die Deutsche Bibliothek – CIP-Einheitsaufnahme

Heyne, Isolde:
Was wusste Jasmin S.? / Isolde Heyne.
– 1. Aufl. – Bindlach : Loewe, 1999
ISBN 3-7855-3361-6

Dieses Buch ist auf chlorfrei gebleichtem Papier gedruckt.

ISBN 3-7855-3361-6 – 1. Auflage 1999
© 1999 Loewe Verlag GmbH, Bindlach
Umschlagfoto: Thomas Schmid
Umschlaggestaltung: Tobias Fahrenkamp
Gesamtherstellung: Wiener Verlag, Himberg
Printed in Austria

1.

Zögernd klopfte Jasmin im Polizeipräsidium an die Tür der Kommissarin Wendland. Sie hatte das Gefühl, ihre Beine würden gleich zusammenknicken.

Die Beamtin schaute kurz auf. Dann fragte sie: „Jasmin Sperber? Nehmen Sie Platz."

Jasmin setzte sich auf einen Stuhl. Vor ihr stand ein Tonbandgerät, das ihre Aussagen aufnehmen würde. Die Beamtin fragte sie zuerst nach ihren Personalien. Und dann nach ihrer Beziehung zu David Wolf.

„Sie waren seine Freundin? Wie intensiv war Ihr Verhältnis?"

Jasmin war, als würden die sachlichen Fragen der Beamtin ihr die Kehle zuschnüren.

„Kennen Sie seine Freunde?"

„Nur oberflächlich", würgte Jasmin heraus. „Ich mag sie nicht."

„Wir haben sie befragt", sagte die Beamtin. „David Wolf war so was wie ihr Anführer. Die Wolf-Gang, der Name sagt ja schon genug. Aber so unschuldig, wie sie tun, waren die anderen auch nicht. Und Sie, Jasmin, was wussten Sie von den Aktivitäten der Gang? Den geklauten Autos, die nach Berlin verbracht wurden? So etwas dürfte Ihnen doch nicht entgangen sein. Sie waren Davids Freundin, das wissen wir von einem, der Lucky genannt wird. Tun Sie jetzt nicht, als ob Sie unwissend seien. Für Sie hat Wolf das doch alles gemacht. Er wollte Ihnen imponieren. Es hat keinen Zweck, das abzustreiten. Sie wussten davon, und Sie waren in die Sache verwickelt. Die Mitglieder dieser so genannten Gang haben gesagt, dass alles erst angefangen hatte, nachdem David Wolf Sie kennen gelernt hatte.

Stimmt das etwa nicht? Die Jungs wollten nichts mehr mit David Wolfs Strafsachen zu tun haben. Deshalb auch der Tipp, sodass wir ihm hinterherfahren konnten. Wer ist in Berlin sein Abnehmer? Sein Auftraggeber?"

Jasmin wurde es übel. Vor ihren Augen drehte sich alles. Unter Davids Freunden gab es einen Verräter. Sie konnte sich denken, wer es war.

„Ich kenne niemanden in Berlin", presste sie hervor. „Von geklauten Autos weiß ich nichts. Wir sind nur mit Davids Motorrad gefahren. Daran hat er noch abbezahlt. Er hat in einer Tankstelle gearbeitet."

Die Beamtin glaubte ihr nicht. Ihre Fragen kamen schnell und forderten eine präzise Beantwortung. Sie war bereits gut informiert. Die anderen hatten alles auf David geschoben.

„Sie können mir nicht weismachen, dass Sie völlig ahnungslos waren. Wo ist das Geld geblieben, das er für die gestohlenen Autos kassiert hat? Es muss eine erhebliche Summe sein. Also, wo hat er nun das Geld versteckt? Bei Ihnen?"

„Ich weiß von alledem nichts", stammelte Jasmin. „Hätte ich ihn sonst gern gehabt?"

Die Kommissarin blickte Jasmin ernst an. „Sie müssen über David Wolfs kriminelle Aktivitäten Bescheid gewusst haben. Wo ist das Geld? Und wie oft war David mit gestohlenen Autos unterwegs? Waren Sie dabei?"

„Nein, nein!", schrie Jasmin. „Ich wusste nichts. Ich habe ihn doch nur geliebt. Bitte, bitte glauben Sie mir doch! Bitte." Jasmin war blass geworden und nahm dankbar die Tasse Kaffee an, die die Beamtin ihr gab.

„Sie haben ihn geliebt, sagen Sie. Warum haben Sie dann nicht verhindert, was David Wolf getan hat? Sie können mir nicht erzählen, dass Sie überhaupt nichts gewusst haben. Aber Sie wären die Einzige gewesen, die das alles hätte verhindern können. Sie, Jasmin Sperber."

Jasmin wurde von einem Weinkrampf geschüttelt. Sie stammelte immer wieder: „Nein, nein nein." Die Kripobeamtin ließ ihr eine kurze Beruhigungspause, bevor sie weitersprach: „Jasmin, Sie wussten doch von Davids Machenschaften. Sicher hat er Ihnen geraten, alles abzustreiten, wenn die Sache auffliegt. Leugnen hat in Ihrer Situation keinen Sinn." Die Kommissarin sprach jetzt ruhiger auf Jasmin ein. „So wie die Dinge liegen, stehen Sie unter dem dringenden Verdacht, an den Autodiebstählen beteiligt gewesen zu sein. Möchten Sie nicht doch aussagen?"

Jasmin war auf ihrem Stuhl zusammengesunken. „Nein", flüsterte sie.

„Nun gut." Die Kommissarin schob ihren Stuhl zurück und stand auf. „Sie können dann nach Hause gehen. Bitte halten Sie sich für die weiteren Ermittlungen zu unserer Verfügung."

2.

Alles hatte damit begonnen, dass Jasmin und ihre beste Freundin Elena in ihrer Stammdisco saßen und gelangweilt an ihrer Cola nippten. „Heute ist hier wieder mal absolut tote Hose", maulte Elena. „Komm, wir machen die Fliege."

Jasmin schaute auf ihre Armbanduhr. „Und dann? Etwa zu Hause vor der Glotze sitzen?"

Elena grinste. „Da weiß ich was Besseres. Im *Falter* ist nämlich echt was los."

„Der Laden in der Gerberstraße? Da war ich noch nie!"

„Eben", erwiderte Elena lakonisch. „Wird Zeit, dass du dort mal aufkreuzt. Da gibt's ein paar echt starke Typen, nicht nur Milchbubis." Entschlossen schob sie ihr halb volles Glas von sich.

Jasmin zögerte noch. Von ihrem Bruder Arne wusste sie, dass das *Falter* nicht gerade den besten Ruf besaß. Als sie ihn einmal danach ausfragte, hatte er nur spöttisch gelacht. „Nichts für Töchter aus gutem Haus. Oma würde sagen: ‚Aber Kind, dort verkehren doch nur die bösen Buben!'"

Jasmin dachte an Arnes Bemerkung und murmelte: „Die will ich sehen."

Gerade hatte ein neuer hämmernder Techno-Rhythmus eingesetzt, und Elena verstand nicht, was Jasmin gesagt hatte. „Also gehen wir?"

Jasmin stand auf. „Worauf warten wir noch?" Ganz wohl war ihr aber doch nicht, als sie wenig später auf das *Falter* zusteuerten. „Mama bekäme einen Schock, wenn sie wüsste, wohin ich gehe", dachte sie. Und dann: „Soll sie doch. Ich weiß ja auch nicht, wo sie sich oft nächtelang aufhält, wenn Papa unterwegs ist. Morgens beim Frühstück ist sie dann besonders aufgekratzt und denkt, Arne und ich haben nichts mitgekriegt." Ihre Sache. Musste sie mit Papa ausmachen.

Jasmin konnte nicht weiter darüber nachdenken, denn sie war fasziniert von der für sie ganz ungewöhnlichen Atmosphäre, die im *Falter* herrschte. Elena gab sich ganz selbstbewusst, sie schien sich bereits bestens auszukennen. „Hallo, wen bringst du uns denn da mit?", fragte einer, der jedem einen grünen Stempel auf den Handrücken drückte, der den Eintritt bezahlt hatte. „Das ist Jasmin", sagte Elena. „Die ist okay."

„Wenn du es sagst ..."

Irgendwo fanden sie Platz an einem Tisch und hatten auch

ziemlich schnell ein Bier vor sich stehen, ohne dass sie es bestellt hatten.

„Wenn ihr noch was braucht, sagt es." Jasmin ahnte, wovon der Typ sprach, der Elena vorhin begrüßt hatte. Verunsichert schaute sie Elena an. „Na was schon!", sagte die. „Aber lass dich nicht auf so was ein."

Wenig später tanzten sie. Jasmin spürte, wie sie immer mehr in den Strudel der Rhythmen gerissen wurde. Das Publikum gefiel ihr. Locker und ungeniert gaben sich alle, ganz anders als in ihrer Stammdisco, wo möglichst niemand negativ auffallen wollte. Nach dem zweiten Bier fühlte sich Jasmin ausgesprochen wohl. Hier war niemand, der sie kannte und sie beobachtete. Elena grinste. „Guter Tipp, was?" Dann war sie wieder in der Menge verschwunden.

Als Jasmin einmal auf die Uhr schaute, erschrak sie. Es war schon ziemlich spät geworden. Ihre Eltern hatten zwar nichts dagegen, wenn sie an den Wochenenden abends mit Elena ins *Star Wars*, ihre Stammdisco, ging, aber sie legten Wert darauf, dass sie um Mitternacht wieder zu Hause war. Sie zerrte Elena von der Tanzfläche. „Los, wir müssen heim!" Elena ließ sich nicht von der Panik anstecken, die Jasmin befallen hatte. „Dir wird doch etwas einfallen, oder?"

Jasmin rubbelte an dem grünen Stempel auf ihrem Handrücken herum. „Nehmen wir ein Taxi. Ich bezahl's."

Elena beteiligte sich am Fahrpreis. „Ich hab dich schließlich dazu angestiftet", sagte sie. „Mach dir nicht in die Hosen, sag einfach, dass wir bei mir noch CDs gehört haben, wenn bei euch überhaupt jemand merkt, dass du jetzt erst kommst."

Jasmin stieg schon eine Straße vor dem Elternhaus aus dem Taxi. Wenn sie schon so spät heimkam, war es besser, wenn niemand sie hörte. Ihre Mutter würde ihr am nächsten Morgen sowieso Vorhaltungen machen. Sie hatte meistens den Schlüssel zum Hintereingang in der Tasche, da konnte sie unbemerkt ins Haus kommen. Es gelang ihr auch diesmal. Sie zog die Schuhe aus und schlich die Treppen in ihr Zimmer hinauf. Aufatmend zog sie die Tür hinter sich zu. Im Haus blieb es still. Niemand machte Licht, keiner hatte ihr spätes Kommen bemerkt. Arne war bestimmt nicht zu Hause. Sein Auto stand nicht da. Im Arbeitszimmer ihres Vaters brannte kein Licht, auch das Schlafzimmerfenster ihrer Eltern war dunkel. Vielleicht war ihr Vater zum Wochenende gar nicht aus Chemnitz zurückgekommen, wie so oft in letzter Zeit. Sie hatte ihre Mutter mit ihm telefonieren hören, als Elena sie abgeholt hatte. War Mama etwa auch nicht da?

Allmählich begann die Stille im Haus ihr auf die Nerven zu gehen. Nicht, dass sie sich fürchtete, es bedrängten sie nur Gedanken, für die sie sich sonst keine Zeit nahm, besser gesagt, keine Zeit nehmen wollte. Dass in der Ehe ihrer Eltern nicht alles in Ordnung war, ahnte Jasmin seit langem. Aber so genau hatte sie es nie wissen wollen. Es passte nicht in das Bild einer intakten Familie, in der auch sie ihre Rolle zu spielen hatte. Man erwartete von ihr, dass sie einfach funktionierte, das tat, was in ihren Kreisen üblich war. Jasmin spielte mit, weil das die wenigsten Probleme mit sich brachte. Nur manchmal wehrte sie sich innerlich dagegen, wie exakt ihr Leben verplant wurde, wie genau es in das Schema passen musste: Abitur, Studium, einen Mann mit sicherer Zukunft, vielleicht einen schicken Beruf, einen dazu passenden Freundeskreis ... Ihr graute schon jetzt vor der Langeweile, die sich wohl oder übel dabei einstellen musste. Wie bei so vielen Bekannten ihrer Eltern, wie bei ihnen selbst. War deshalb die Ehe ihrer Eltern kaputt? Aber nur nichts nach außen hin zeigen! Auch das gehörte dazu.

Jasmin wälzte sich in dieser Nacht lange von einer Seite auf die andere. In Gedanken hörte sie noch immer die Musik, sah die Typen mit ihren Biergläsern und den Lederjacken. Was wohl ihre Mutter dazu gesagt hätte. Selbst Immchen, die seit vielen Jahren im Haus half, hätte wahrscheinlich die Hände über dem Kopf zusammengeschlagen, wenn sie gewusst hätte, wo Jasmin an diesem Abend gewesen war. Jasmin konnte die Sprüche über das, was ein „anständiges" Mädchen tun und lassen sollte, nicht mehr hören. Sie wollte einfach ihren Spaß haben, und den hatte sie heute Abend gehabt.

Gegen Morgen hörte sie Arnes Wagen. Ihr Bruder gab sich nicht einmal Mühe, die Autotür leise zu schließen. Er machte Licht im Treppenhaus und ging zu seinem Appartement hinauf, das ihm die Eltern eingerichtet hatten, als er in die Immobilienfirma seines Vaters einstieg. Ihn kontrollierte niemand in seinem Privatleben. „Aber mich möchten sie am liebsten anbinden und mir vorschreiben, was ich zu tun und zu lassen habe", dachte Jasmin wütend. Doch dann schlief sie endlich ein.

3.

Zu Hause fiel nicht weiter auf, dass Jasmin jetzt häufiger ins Bahnhofsviertel ging. Ihre Eltern waren abends sowieso selten zu Hause, und nur Arne merkte, dass Jasmin sich neuerdings anders kleidete, wenn sie ausging. Er grinste, als er einmal kurz vor ihr heimgekommen war und sie in einem neuen Outfit sah. Sie hatte das Stretchkleid von ihrem Taschengeld gekauft. „Gefällt's dir nicht?"

„Doch. Bin's bloß nicht gewöhnt, dass du so billige Fummel trägst. Hat Mama das schon gesehen? Ist sie nicht ohnmächtig umgefallen?"

Jasmin zerrte am Rocksaum, um die Knie zu bedecken, ließ es aber dann sein. „Nö", sagte sie nur. Und dann: „Du hast mich nicht gesehen, okay?"

„Und du mich auch nicht!"

Jasmin verschwand in ihr Zimmer. Sie wusste zwar nicht, was ihr Bruder zu verbergen hatte, aber das interessierte sie auch nicht. In diesem Hause ging sowieso jeder seiner Wege.

Diesmal hatte sie es eilig, das Licht zu löschen und unter die Bettdecke zu kriechen. Sie wollte allein sein mit ihren Gedanken, das Bild festhalten, das in ihrem Kopf war.

Sie wäre an diesem Abend früher nach Hause gegangen als sonst. Aber da war plötzlich dieser Neue aufgetaucht. Er hatte schwarze Lederklamotten an wie etliche andere, die meistens zusammenhockten und nur ab und zu mal tanzten. Mit lautem Hallo wurde er begrüßt. Er legte seinen Motorradhelm auf den Stuhl und die Handschuhe dazu. Dann stellte er auch noch den Fuß daneben. Der Neue beeindruckte Jasmin. Zwischen den anderen wirkte er groß und schlank. Er schaute sich um wie einer, der gewohnt war, dass alle ihm zuhörten.

Später hatte Jasmin das Gefühl, von ihm beobachtet zu werden. „Wer ist das?", fragte sie Elena.

Elena folgte ihrem Blick, dann sagte sie verwundert: „Ist der auch mal wieder da? David war verschwunden, als sie seinen Vater eingebuchtet hatten. Ich glaube, seine Mutter hat ihn damals nach Berlin geschickt, damit er bei seinem Onkel eine Ausbildung macht. Irgendwas mit Autos, da war er schon immer scharf drauf."

David schaute zu ihnen hin und streifte Jasmins Gesicht.

Es durchfuhr sie wie ein Blitz, und sie konnte sich auch später nicht erklären, warum das so war. So ein Gefühl hatte sie noch nie erlebt. David strahlte etwas aus, das sie merkwürdig berührte. Bisher hatte sie sich über ihre neuen Bekanntschaften kaum Gedanken gemacht, war nur fasziniert gewesen von der Halbwelt. Aber dieser David war anders, ihre Gedanken kamen nicht von ihm los.

Sie hatte Elena nur sehr vorsichtig über ihn ausfragen können, damit es nicht auffiel. Aber was sie erfahren hatte, war wie ein Blick in eine andere Welt für sie.

David war sehr intelligent, trotzdem hatte er kurz vor Abschluss der zehnten Klasse die Schule geschmissen, war von einem Tag zum anderen nicht mehr erschienen. Manche erzählten, sein Vater sei sehr gewalttätig. Besonders seit seine Ehe geschieden war, war er oft in Streitereien verwickelt. Wegen Beteiligung an einem Einbruch musste er ins Gefängnis. Es war nicht das erste Mal gewesen, dass er mit dem Gesetz in Konflikt gekommen war. Als Davids Mutter von dem Mann, mit dem sie seit der Scheidung zusammengelebt hatte, ein Kind bekam, war Herbert Wolf plötzlich wieder aufgetaucht. „Damals war David nicht mehr in die Schule gekommen ..."

Mehr konnte Elena auch nicht darüber sagen. Es hatte sie einfach nicht interessiert. „Davids Mutter hat früher bei uns im Geschäft gearbeitet, sonst wüsste ich das auch nicht", sagte Elena. Jasmin erfuhr nicht einmal den Nachnamen von David, sie hätte sonst im Telefonbuch seine Adresse gesucht. Ob sie ihn wieder sehen würde? Konnte ja sein, er verschwand genauso schnell, wie er aufgetaucht war.

„Es hat mich total erwischt", dachte sie.

Jasmin war noch nie so richtig verliebt gewesen, und sie genoss dieses neue Gefühl. Was sollte sie bloß machen, wenn sie David nie wieder sah?

4.

Es war nach Mitternacht, als David die Treppen hinaufstieg. Er hatte kein Licht im Flur gemacht. Hier kannte er jede einzelne Stufe. Oft genug hatte er früher im dunklen Flur sitzen müssen, wenn sein Vater ihn hinausgeworfen hatte. Manchmal, als er noch klein gewesen war, durfte er bei mitleidigen Nachbarn warten.

Später wollte er kein Mitleid mehr. Da wartete er auf den Stufen, bis seine Mutter die Tür leise für ihn öffnete und ihn hineinzog. In ihrem Gesicht hatte er oft die Spuren der Misshandlungen gesehen und seinen Vater dafür gehasst. Einmal wollte er ihm, der schnarchend auf der Couch lag, das Brotmesser in die Brust stoßen. Doch seine Mutter hatte ihm den Arm festgehalten: „Willst du so werden wie er?"

Auch diesmal öffnete die Mutter leise die Wohnungstür. Sie hatte auf ihn gewartet. „Komm!"

David erschrak, als sie die Tür zum Wohnzimmer öffnete und das Licht ihn blendete. „Herzlichen Glückwunsch zum Geburtstag, David. Nun bist du volljährig. Mach was aus deinem Leben."

Auf dem Tisch stand eine Torte mit achtzehn Kerzen. „Die musst du auspusten!", sagte die Mutter. „Das bringt Glück, wenn man sie alle mit einem Mal schafft." David verzog ein bisschen spöttisch den Mund, tat ihr aber den Gefallen.

„Aber Mama, ich hatte doch schon vor einigen Wochen Geburtstag."

„Da warst du ja noch in Berlin", sagte Karla Wolf.

Sie saßen dann noch eine ganze Weile beisammen. „Tut mir Leid, dass ich so mit dir geschimpft habe wegen der abgebrochenen Lehre. Ich bin doch froh, dass du nun wieder zu Hause bist."

„Ich hab einen Job in Aussicht", sagte David. „An einer Tankstelle im Westend."

David sah, wie erleichtert seine Mutter über diese Mitteilung war. „Hast du was von ihm gehört?", fragte er. Das Wort Vater brachte er nicht über die Lippen.

Karla Wolf beruhigte ihn. „Vor Herbert sind wir sicher. Mindestens noch für die nächsten drei Jahre."

David betrachtete seine Mutter nachdenklich. Sie war immer noch eine schöne Frau, auch wenn die vergangene Zeit Falten in ihr Gesicht gegraben hatte. Auf irgendeine Weise erinnerte sie ihn an das Mädchen, das er vorhin in der Disco gesehen hatte. So ähnlich musste seine Mutter ausgesehen haben, als sie noch jung gewesen war. Unwillkürlich lächelte er. „Hoffentlich hat sie nicht gemerkt, dass ich sie angestarrt habe", dachte er.

„Ist Silkes Husten besser geworden?", fragte er. Er wollte nicht an das fremde Mädchen denken.

„Viel besser", sagte die Mutter. „Der Arzt sagt, das sei psychisch bedingt. Silke hätte vor etwas Angst."

„Sie spürt unsere Angst. Sogar jetzt, wo wir wissen, dass er im Knast ist, haben wir Angst. Du, ich, Oma. Aber damit ist Schluss. Du bist nicht mehr mit ihm verheiratet, ich bin volljährig, und Silke ist nicht seine Tochter. Wenn der rauskommt, lassen wir ihm verbieten, jemals wieder in unsere Nähe zu kommen."

„Das geht?"

„Ja. Ich habe mich erkundigt. Da kann man eine gerichtliche Verfügung beantragen."

„Ach Junge", sagte Karla Wolf, „daran hält sich Herbert doch nicht."

David presste die Lippen aufeinander. Er dachte: „Mein

Erzeuger wird weder Mutter noch Silke jemals wieder in Angst und Schrecken jagen. Dafür werde ich sorgen. Ich schwör's."

Bevor er schlafen ging, schaute er noch einmal auf seine kleine Schwester, deren Bettchen im Schlafzimmer der Mutter stand. Die Kleine schniefte leise, wachte aber nicht auf.

„Na dann, gute Nacht", sagte er zärtlich und ein bisschen spöttisch. „Ab jetzt ist ja wieder ein Mann im Haus, der euch beschützt. Und zum Sozialamt braucht Mama auch nicht mehr zu gehen. Ich verdiene Geld für uns alle."

Stundenlang lag er dann wach, weil ihm zu viele Gedanken durch den Kopf gingen. Sein Zimmer war schmal, und das Fenster ging nach dem Hof raus. Seit er denken konnte, war dies sein Zufluchtsort gewesen. Er hatte es nie als ärmlich empfunden. Was an Komfort fehlte, fügte seine Fantasie hinzu. Hauptsache es störte ihn niemand. Früher, als er noch klein war, war er jedes Mal förmlich in sich zusammengekrochen, wenn er die Schritte seines Vaters auf das Zimmer zukommen hörte. Da hätte er sich dringend eine Tarnkappe gewünscht. Nur eine kurze Zeit in seinem Leben war er richtig glücklich gewesen. Das war, als seine Eltern geschieden waren und Mutter Moritz kennen gelernt hatte. Ein Jahr später war dann Silke geboren worden, dieser Winzling von einem Menschen. Moritz lebte bei ihnen, und als Silke zum ersten Mal Papa sagte, nannte David ihn auch so. Dann tauchte plötzlich Herbert Wolf wieder auf.

David spürte, wie er sich verkrampfte. So war das immer gewesen, wenn sein Vater gekommen war. Unruhig warf er sich hin und her. Sein Vater hatte damals alles kaputtgemacht, als er Moritz erschlug. Herbert Wolf saß deswegen jetzt im Knast. Aber wenn er einmal entlassen würde, durfte er seine Familie nie wieder belästigen. „Dafür werde ich sorgen", dachte David entschlossen.

Jasmin hatte nicht geglaubt, so schnell wieder von David zu hören, obwohl sie unentwegt an ihn dachte. Beim Frühstück erzählte ihre Mutter: „Jetzt haben sie das Auto von Binders auch zu Schrott gefahren. Die schrecken aber auch vor nichts zurück."

Arne lachte spöttisch: „Warum lassen die den teuren Schlitten auch draußen stehen? War's der Micha?"

„Nee, das waren bestimmt wieder diese Kerle, die sich Wölfe nennen", mischte sich Immchen ins Gespräch. Sie brachte für Arne Spiegeleier, die er neuerdings zum Frühstück bevorzugte. „Der David ist ja auch wieder mit von der Partie. Den hab ich heute früh getroffen. Angeguckt hat der mich wie sein Vater. Richtig erschrocken bin ich. Was war das für ein netter Junge, als er noch klein war. Aber jetzt? Der treibt sich doch bloß noch mit diesen Kerlen rum, denen man nicht im Dunkeln begegnen möchte."

Wenn Jasmins Vater nicht da war, brachte Immchen gern den neuesten Tratsch an. Sie war meistens gut informiert, was das Geschehen im Stadtviertel betraf. „Die arme Frau Wolf ist zu bedauern", setzte sie hinzu, als sie merkte, dass Susanne Sperber und ihr Sohn Arne aufmerksam zuhörten. „Ist ja eigentlich nie richtig festgestellt worden, ob ihr Geschiedener den Neuen absichtlich totgeschlagen hat oder ob's nur im Streit geschehen ist. Und der Junge, der David, der hat schon den gleichen Blick wie sein Vater ..."

„Ist gut, Immchen", unterbrach Susanne Sperber den Redefluss. „Das ist kein Frühstücksthema. Aber was anderes: Sie bekommen ab nächste Woche Unterstützung im Haushalt. Ein Au-pair-Mädchen aus England. Pamela heißt sie."

„Na endlich", sagte Immchen. Und Arne fragte sofort: „Ist sie hübsch?"

„Woher soll ich das wissen? Die Agentur hat nur gesagt, dass sie aus der Nähe von London ist und in Hausarbeit Bescheid weiß, weil sie drei kleine Geschwister hat."

„Babysitter brauchen wir nicht mehr", meinte Jasmin, nur um auch etwas dazu zu sagen. Sie wollte nicht durch ihr Schweigen auffallen. Nachher wollte sie Immchen unauffällig nach David ausfragen. Ihr war sofort klar gewesen, von welchem David Immchen erzählt hatte, denn von dieser Familie, die mit ihr in einem Haus wohnte, war schon früher öfters die Rede gewesen. Aber damals war es für Jasmin uninteressant gewesen, weil sie David noch nie gesehen hatte. Sie ärgerte sich nur, dass Immchen so abfällig von ihm redete. Und ihre Bemerkung über diese „Kerle" löste in ihr sofort Protest aus. Immer diese Vorurteile, wenn etwas nicht der Norm entsprach.

Arne nahm das Gespräch wieder auf, als Immchen längst wieder aus dem Zimmer war. „Das ist gar nicht raus, ob es welche von den Wölfen waren, die das Auto vom ollen Binder kaputtgefahren haben. Der Micha bringt das auch fertig."

„Ich denke, dem haben sie den Führerschein weggenommen?", fragte Jasmin arglos.

„Na und? Ist das ein Grund, sich nicht mehr ans Lenkrad zu setzten? Mich würde das nicht hindern ..."

„Arne!", entrüstete sich Susanne Sperber.

Arne grinste nur. Dann schob er den Teller beiseite und stand auf. „Also, ich muss jetzt los. Schönen Tag miteinander."

Jasmin sah sich plötzlich mit ihrer Mutter allein am Tisch. Das war selten, denn meistens aß sie schnell bei Immchen in der Küche etwas, bevor sie zur Schule ging. Aber heute fielen die ersten beiden Stunden aus. „Wo ist Papa eigentlich?", fragte sie.

„Irgendwo in den neuen Ländern. Ich glaube Chemnitz. Er will da mit einigen Leuten wegen Bauland für einen City-Wohnpark verhandeln. Das zieht sich länger hin, hat er gestern am Telefon gesagt." Ihre Stimme klang unsicher, so als glaubte sie selbst nicht an die Geschichte ihres Mannes.

Jasmin glaubte auch nicht daran. „Früher war es bei uns schöner", dachte sie. „Da hatten wir zwar noch nicht so ein großes Haus, aber wir waren viel mehr zusammen. Jetzt weiß einer nicht mehr, was der andere macht."

Auf dem Schulweg traf sie Elena wie jeden Tag. Sie hatte vorher keine Gelegenheit gehabt, mit Immchen über David zu sprechen. Jetzt erzählte sie Elena von Binders kaputtgefahrenem Auto.

„Ob David was damit zu tun hat?"

Elena zuckte nur die Schultern. „Möglich. Zuzutrauen ist dem das schon. Der ist doch verrückt nach allem, was fährt."

„Warum reden die alle schlecht von David?", dachte Jasmin. Sie konnte es nicht begründen, aber es ärgerte sie.

6.

„Die Neue ist Klasse", sagte Arne. Jasmin traf ihn vor dem Haus, als sie aus der Schule kam. Er stieg gerade in sein Auto ein, um nach der Mittagspause wieder in die Firma zu fahren. „Ein ziemlich heißer Käfer." Dann preschte er ohne jede weitere Erklärung davon. Wenn Vater nicht da war, spielte er im Büro gern den Chef, was allerdings auch Pünktlichkeit von ihm verlangte.

Jasmin traf die Neue bei Immchen in der Küche. Sie war tatsächlich ausgesprochen hübsch. Schlank, langes dunkelbraunes Haar, mit einem Wort eine Schönheit. „Ich bin Pam", sagte sie und streckte Jasmin die Hand hin. „Und du bist Jasmin?"

Jasmin nickte nur. „So müsste ich aussehen", dachte sie. Kein Wunder, dass Arne aus dem Häuschen war. „Was gibt's denn heute zu essen?"

„Gulasch mit Reis. Willst du mit uns essen? Deine Mutter ist in die Stadt gefahren."

„Ich geh nur rasch Händewaschen."

Pam legte eine Decke auf den Küchentisch und deckte auf, als ob sie das schon immer getan hätte. Aber dann fragte sie doch: „Wo ist mein Platz?"

Sie sprach ziemlich gutes Deutsch, wenn auch mit Akzent. Und während sie aßen, bekam Jasmin das Gefühl, dass sie sich mit dem Mädchen sicher bald gut verstehen würde. Immchen war froh, eine Hilfe bekommen zu haben. Der große Haushalt wuchs ihr langsam über den Kopf. Jasmin dachte: „Immchen ist abends nie da. Pam aber wohnt hier. Hoffentlich gibt das keine Probleme, wenn ich spät heimkomme."

Als Immchen nach Hause gegangen war, räumte Pamela die Sachen aus ihrem Koffer in den Schrank. Sie hatte das Zimmer bekommen, das vor ihr schon ein anders Au-pair-Mädchen bewohnt hatte. Jasmin stellte sich in die offene Tür und schaute zu. Viel hatte Pamela nicht mitgebracht. Aber Jasmin erkannte auf den ersten Blick, dass auf dem Tisch Bücher lagen, Lehrbücher für die deutsche Sprache, Grammatik, Wörterbuch, ein paar Taschenbücher Belletristik.

„Hättest du von mir auch bekommen können", sagte Jasmin. „Wenn du was brauchst, sag es." Sie hatten ohne Umschweife gleich du gesagt. „Du kannst doch aber schon sehr gut Deutsch."

„Ich will Germanistik studieren und später Übersetzungen für Verlage machen. Deshalb arbeite ich auch hier. Dafür reicht das nicht, was man in der Schule lernt, ich will ... wie sagt ihr, den Leuten aufs Maul schauen."

„Bloß nicht!" Jasmin lachte. „Wenn die hessisch schwätzen, das versteht kein Ausländer."

„Schwätzen?"

„Na Dialekt sprechen", erklärte Jasmin. Sie lachten beide.

„Hast du einen Boyfriend?", fragte Pam.

Jasmin schüttelte den Kopf, wurde dabei rot, weil sie an David dachte. „Noch nicht so richtig", sagte sie.

„Und dein Bruder? Hat der eine Freundin?"

Jetzt lachte Jasmin wieder. „Nicht nur eine. Nimm dich vor dem bloß in Acht. Der vernascht dich sonst auch noch."

Jetzt musste sie auch noch erklären, was mit vernascht gemeint war. „Ich schmecke kratzig", behauptete Pam.

„Na prima. So was braucht unser Arne mal."

7.

Pamela lebte sich schnell bei Sperbers ein. Sie konnte hart arbeiten. Abends saß sie meistens über ihren Büchern und lernte. Jasmins Mutter war vollauf zufrieden. „Willst du nicht auch nach dem Abi erst mal ein Jahr ins Ausland, Jasmin? Fremdsprachen kann man im Beruf immer gebrauchen."

„Mal sehen", meinte Jasmin ohne große Begeisterung. Bei anderen Leuten im Haushalt zu arbeiten schien ihr nicht gerade erstrebenswert.

Es dauerte noch einige Wochen, bevor Jasmin Pamela dazu überreden konnte, mit ihr ins Kino zu gehen. David hatte sie seit dem Abend im *Falter* nicht wieder gesehen. Ohne aufzufallen, konnte sie aber weder Immchen noch Elena nach ihm fragen. Einmal war sie zu dem Haus gelaufen, in dem er wohnte, wie Immchen auch. Über zwei Stunden hatte sie gewartet, aber er war nicht gekommen. Ganz enttäuscht war sie nach Hause gegangen.

Vor dem Kino stand ein halbes Dutzend Jungen in schwarzen Lederjacken mit den Aufnähern an den Ärmeln, die Jasmin schon kannte: Wolfsköpfe. Sie pöbelten Jasmin und Pamela an. Da kam David aus dem Eingang zum Kino. „Lasst die Ladys in Ruhe!"

Und zu Jasmin hin nickte er kurz mit dem Kopf. „Hallo."

Jasmin wurde rot, aber sie grüßte zurück. „Hallo."

Vom Film bekam Jasmin nicht viel mit, weil sie dauernd auf David schaute, der drei Reihen vor ihr saß. Warum hatte er sie vor den Wölfen in Schutz genommen? Er kannte sie doch kaum.

Pamela fragte später: „Warum warst du vorhin so ...?" Sie fand das richtige Wort nicht. „Der Typ war doch nett."

Jasmin zuckte nur mit den Schultern. „Hat dich Arne schon angebaggert?", fragte sie. Das Wort benutzte sie sonst nie. Sie wollte damit ihre Unsicherheit verbergen.

„Arne?" Pam lachte. „Der versucht es. Aber keine Chance."

„Wenn du schlau bist, bleib dabei", meinte Jasmin.

Aber insgeheim bewunderte sie Pamela, die so selbstsicher war und genau wusste, was sie wollte. Überhaupt waren alle ganz anders als sie selbst: Arne, die Eltern, Elena,

Pam und auch David. Ja, auch der, mit dem sie nicht mal drei Worte gesprochen hatte.

Als sie nach Hause kam, saß Jasmins Mutter mit verheultem Gesicht im Wohnzimmer.

„Was ist passiert?"

Sie bekam keine Antwort. Aber Arne machte ihr ein Zeichen, mit ihm aus dem Zimmer zu kommen. „Papa ist dahinter gekommen, dass sie einen Lover hat", flüsterte er in der Diele. „Lass sie lieber in Ruhe. Sonst wird sie wieder hysterisch."

„Hat's Krach gegeben?", fragte Jasmin erschrocken.

„Und wie! Geh ihm lieber auch aus dem Weg." Sie bemerkten beide erst jetzt, dass Pamela ihnen zuhörte. Arne verscheuchte sie mit einen verletzenden „Verzieh dich, das ist Familiensache!".

Jasmin konnte lange nicht einschlafen. Sie hörte nur die Mutter ins Schlafzimmer gehen.

Und immer wieder dachte sie an David. Bildete sie sich nur ein, dass er etwas mehr von ihr Notiz nahm, als notwendig gewesen wäre? Warum beschäftigte er sie so sehr? Sie konnte einfach nicht abschalten. Immer wieder stellte sie sich Situationen vor, in denen er mit ihr zusammen war und sie beschützte. Wollte sie nur das, einen Beschützer?

„Nein, das ist zu wenig", dachte sie. „Ich will, dass David mich wirklich gern hat." Aber was würde die Familie dazu sagen? Mamas Entsetzen konnte sie sich schon jetzt nur allzu gut vorstellen: „Mit so einem befreundet man sich nicht!"

Und Papa: „Der gehört zu einer kriminellen Bande. Mit solchen Leuten wollen wir nichts zu tun haben. Das kann ich mir in meinem Beruf nicht erlauben."

Arne würde sagen: „Lass diesen Oberwolf sausen. Komm

lieber mal mit zu meinen Freunden. Da werden wir schon jemanden finden, der zu dir passt."

Mit diesen Gedanken konnte Jasmin erst recht nicht einschlafen. „Die wären schön schockiert", dachte sie, „wenn ich plötzlich mit einem Typen wie David auftauchen würde: Die nette Jasmin geht mit dem Anführer der Wolfs-Gang. Dabei haben sie gar keinen Grund für ihren Dünkel. Papa arbeitet in seinem Maklerbüro bestimmt auch nicht immer mit sauberen Mitteln. Und Mama hat sogar einen Geliebten. Nach außen spielen wir die heile Familie, aber eigentlich macht jeder sowieso, was er will. Aber vielleicht haben sie ja Recht. Mamas kleines Geheimnis ist sicher viel aufregender als ihr Dasein als Ehefrau und Mutter. Nur ich halte mich immer an alle Regeln. Kein Wunder, wenn David mich für spießig hält."

Sie dachte: „Nettsein ist nur eine andere Spielart von Feigheit. Damit muss jetzt Schluss sein. Ich will nicht mehr funktionieren, weil es für alle so bequem ist, sich meinetwegen keine Gedanken machen zu müssen. Aber dazu brauche ich jemanden, der mir hilft. Allein schaffe ich das nicht. Und weder Elena noch Arne oder Pam eignen sich dazu. Dazu brauche ich einen wie David. Aber wie stelle ich es an, dass er sich für mich interessiert. Die kreuzbrave Jasmin kann ihn doch nur gnadenlos langweilen."

Sie stand auf, um in die Küche zu gehen, weil sie Durst bekommen hatte. Um niemanden zu wecken, machte sie kein Licht, als sie die Treppen hinunterging. Da sah sie Pam aus Vaters Arbeitszimmer kommen. Schnell schlüpfte Jasmin in ihr Zimmer zurück. Was hatte Pam mitten in der Nacht dort zu suchen?

8.

Die Möglichkeit, David auf sich aufmerksam zu machen, kam eher, als Jasmin dachte. Sie suchte im Kaufhaus in der Elektroabteilung nach einem Geschenk für Elenas Geburtstag. Da sah sie David, der gerade eine CD unter seiner Jacke verschwinden ließ. Sekunden später stand er neben ihr.
„Suchst du den Kaufhausdetektiv, Lady?"
„Nein – nein", stotterte sie. „Wie kommst du denn darauf?" Jasmin ärgerte sich darüber, dass sie rot wurde. Warum klaute er?
„Und? Was suchst du?"
„Für Elena, meine Freundin, eine CD von Michael Jackson." Als wäre überhaupt nichts passiert, half er ihr beim Aussuchen. Wenig später ging er sogar mit ihr an die Kasse, als sie bezahlte, und verließ neben ihr das Kaufhaus.
Er lachte. „War ideal. Wir hatten sogar einen Kassenzettel. Gute Teamarbeit."
„Warum klaust du?", fragte Jasmin. „Wenn sie dich erwischen, kriegst du eine Strafe und Hausverbot."
David grinste umwerfend. „Die haben mehr, als sie verkaufen können. Mein Freund hat auch Geburtstag. Kannst mit uns feiern, Lady. Weil du so perfekt mitgespielt hast."
Jasmin lief eine Gänsehaut über den Rücken. War das der Preis, um David jetzt öfters zu sehen? Sie fühlte sich als seine Komplizin, was sie merkwürdig erregte.
„Mal sehen", sagte sie und tat gleichgültig. „Wer ist noch dabei?"
„Drei oder vier aus unserer Gang. Auch zwei Mädchen. Und du, wenn du willst. Wie heißt du übrigens richtig, Lady? Und wo wohnst du?" Jasmin stotterte vor Aufregung, als sie ihren Namen und die Adresse sagte.

„Ich hole dich mit dem Motorrad ab. Um sieben?"
„Ja, aber ..." David ließ ihr keine Zeit, abzusagen.
„Also, bis dann." Er war verschwunden, bevor Jasmin etwas erwidern konnte. Aber sie überlegte schon, wie sie ihrer Familie erklären sollte, wer sie heute Abend mit dem Motorrad abholte.

An diesem Tag schien sich alles gegen sie verschworen zu haben. Ihre Eltern blieben abends zu Hause. „Ich muss noch etwas mit Arne besprechen", sagte der Vater. „Wir essen später, Pam."

Und dann rief auch noch die Großmutter an, die sich für das Wochenende anmeldete. Das versetzte Jasmins Mutter in beängstigende Aktivitäten.

„Ich habe keinen Hunger", behauptete Jasmin. „Außerdem will ich mit Elena noch für den Englischtest arbeiten. Ich esse dann bei ihr." Sie verschwand aus dem Wohnzimmer, bevor ihre Mutter sich über ihren plötzlichen Arbeitseifer wundern konnte. Es war Viertel vor sieben. Sie musste sich beeilen. Dabei war sie sich noch nicht einmal sicher, was sie anziehen sollte. Fürs Schminken war schon gar keine Zeit mehr. Jasmin streifte schnell ihren roten Pullover über und nahm ihre Turnschuhe in die Hand, als sie die Treppenstufen nach unten schlich. Es blieb kaum Zeit, die Jeansjacke von der Garderobe zu reißen, weil sie Pam aus der Küche kommen hörte. Von ihr wollte sie auch nicht gesehen und schon gar nicht gefragt werden.

Es war zwei Minuten vor sieben, als sie sich an den Pfosten des Vorgartentores lehnte und in die Turnschuhe schlüpfte. Sie war noch nie auf einem Motorrad mitgefahren. „Hoffentlich stelle ich mich nicht zu blöd an", dachte sie. Ihr Herz klopfte wie wild. „Ob er überhaupt kommt? Vielleicht hat er es längst bereut oder glatt vergessen, dass er mich eingeladen hat."

Da bremste genau vor ihr am Straßenrand eine schwere Maschine. David stieg gar nicht erst ab, reichte ihr aber einen Sturzhelm. „Na, steig schon auf!", sagte er, als sie verunsichert vor ihm stand und den Helm nicht gleich richtig festschnallen konnte. Er stieg ab und lachte. „Hast du noch nie so ein Ding aufgehabt?"

Jasmin war, als müsse sie im Boden versinken. „Doch – nein", stotterte sie. Und dann sagte sie trotzig: „Damit du es gleich weißt, ich bin noch nie auf einem Motorrad mitgefahren. Und wenn ich herunterfalle, kriegst du bloß Ärger."

Sie dachte: „Jetzt ist sowieso schon alles egal. Er wird mich auslachen und ohne mich davonfahren. Ich bin blamiert bis auf die Knochen. Den sehe ich nie mehr wieder." In ihren Augen glitzerten plötzlich Tränen.

„Dann lernst du es heute", sagte David. Er lachte nicht, sondern befestigte den Sturzhelm, dann zeigte er ihr, wie sie aufsteigen und sich an ihm festhalten sollte. „Ich fahre ausnahmsweise mal langsam", fügte er hinzu. „Aber nur heute!"

Jasmin fühlte sich wie in einem Traum, als sie hinter David auf der Maschine saß. Sie klammerte sich wohl zu sehr an ihm fest, deshalb lockerte er ihren Griff und sie entspannte sich allmählich. Er fuhr tatsächlich vorsichtig, und als sie vor einem Haus hielten, das wenig Vertrauen erweckend aussah, stieg sie etwas steif und unbeholfen ab. „Na, war's so schlimm?"

„Neu, aber schön!" Jasmin nestelte am Sturzhelm rum, David half ihr, ihn abzunehmen. „Das musst du aber schon bald lernen", sagte er. „Nimm ihn mit, sonst ist der nachher weg."

„Ich hab kein Geschenk." Erst jetzt fiel Jasmin ein, wozu sie eingeladen war. „Wie heißt dein Freund eigentlich?"

„Ruppi. Wir haben doch heute eine CD für ihn – besorgt. Das reicht."

Das Haus sah ziemlich unbewohnt aus, war wohl für den Abriss vorgesehen. Sie gingen durch einen finsteren Flur, dann über einen Hof ins Hinterhaus. Dort waren im Erdgeschoss ein paar Fenster erleuchtet. Laute Technomusik schallte ihnen entgegen.

Als David merkte, dass sie zögerte, nahm er ihre Hand und zog sie ins Haus und durch die offene Tür in die Wohnung.

„Hallo! Hier sind wir." David steuerte auf einen etwas untersetzten Jungen zu, dem anscheinend die Party galt. „Das ist Ruppi, und das ist Jasmin. Happy Birthday, alter Junge."

Jasmin gab Ruppi die Hand. Sie wusste nicht, was sie sagen sollte, wurde aber einer Antwort enthoben. „Ich werd nicht wieder. Davy hat sich die Lady gekrallt ..."

In einer solchen Situation hatte sich Jasmin noch nie befunden. Sie wäre am liebsten davongelaufen. Die anderen hatten aufgehört zu tanzen und standen nun um sie und David herum, bis David scharf sagte: „Was gibt's denn zu glotzen? Die Party geht weiter."

Er schnappte sich Jasmin und tanzte mit ihr.

„Entsetzt?", fragte er. „Soll ich dich heimfahren? Ich hab denen eine Überraschung versprochen. Die Wette hab ich gewonnen."

Jasmin blieb abrupt stehen. „Ich bin also die Überraschung, die gewonnene Wette. Und – was hast du gewonnen?"

Darauf gab er keine Antwort. Er zog sie zu einem Tisch, auf dem Gläser und Getränke standen.

„Ich weiß nicht mal, wo wir sind", dachte Jasmin. „Ich habe nicht aufgepasst vor lauter Angst, vom Motorrad zu fallen." Jetzt wurden sie kaum noch von den anderen beachtet. Jasmin zählte fünf Jungen und drei Mädchen.

Die Wohnung war ungepflegt. Ruppi schien hier allein zu hausen. An den Fenstern hingen ziemlich graue Gardinen, auf einem durchgelegenen Sofa knutschten zwei herum.

„Das sind Jenny und Lord", erklärte David. Er gab ihr ein Glas. „Auf unsere ... na, was ist es wohl im derzeitigen Zustand?"

Darauf antwortete Jasmin nicht. Aber sie trank. Es war ziemlich guter Weinbrand. „Gekauft oder besorgt?", fragte sie zynisch. „Aber falls du die Absicht haben solltest, mich nach Hause zu fahren, trink nicht zu viel davon. Sonst rufe ich mir ein Taxi."

Er schaute sie spöttisch an. Dann zog er ein Handy aus der Tasche. „Immer zu Diensten, Lady."

„Womit habe ich mir diesen Titel erworben?", fragte sie, ebenso spöttisch. „Du kennst mich doch kaum."

„Ich kenne dich besser, als du denkst." In sein Gesicht kam ein etwas harter Ausdruck. „Du kannst mich jetzt vor den anderen blamieren. Ich bin volles Risiko eingegangen. Ruf dir ein Taxi." Er hielt ihr das Handy hin. „Kernerstraße sieben. Hinterhaus. Bei Rupprecht."

Jasmin schob seine Hand zurück. „Wenn du mir sagst, was dir die Wette eingebracht hat, bleibe ich."

Er verzog verächtlich die Lippen. Dann deutete er auf einen hoch aufgeschossenen Jungen, mindestens so alt wie er, vielleicht sogar älter. „Ich war lange nicht da. Er will der Boss sein und sägt an meinem guten Namen. Ich kann keinem mehr vertrauen. Sie machen, was sie wollen – was er will."

„Und dazu brauchst du mich?"

„Ja, dazu brauche ich dich, Lady. Du wirst später begreifen, wozu. Noch kannst du aussteigen, ich lass dich gehen, und du siehst mich nie wieder."

In Jasmins Kopf drehte sich alles. Was hatte sie denn erwartet? War ihr nicht genug über David zu Ohren gekommen, um sich gar nicht erst mit ihm einzulassen? In ihren Gedanken hatte sie ihn idealisiert, sich in dieses Idealbild verliebt, war er ihre erste große Liebe geworden. Und nun wusste sie, dass es *den* David, den sie sich zurechtgedacht hatte, gar nicht gab. Trotzdem war sie nicht in der Lage, einfach wegzugehen.

Er hatte sie nur benutzt, um eine Wette zu gewinnen, seine Stellung als Anführer wieder zu festigen. Sie wusste noch nicht einmal genau, worum es dabei ging. In seinen Augen sah sie auch ein bisschen Geringschätzung: Braves Mädchen.

Das gab den Ausschlag. „Ich wollte ihn ja auch benutzen. Mit ihm meine Familie schockieren." Ich brauche ihn, genauso wie er mich. Und: „Ich habe ihn doch gern, schon vom ersten Abend an, als er mich in der Disco so ansah. Es ist zu spät auszusteigen."

„Ich seh mir das alles erst mal an", sagte sie. „Gehen kann ich dann immer noch. Gib mir vorher aber noch was zu trinken."

Sie sah, dass David später nur noch Mineralwasser trank. „Wegen den Bullen", sagte er. „Mein Führerschein ist noch zu neu."

„Und dein Motorrad?"

„Auch. Und nicht – besorgt. Gebraucht gekauft von einem Arbeitskollegen in Berlin."

Davids Widersacher holte sie einfach zum Tanzen, wohl um sie auszufragen. „Ich bin Lucky. Kennst du Davy schon lange?"

„Wie man's nimmt. Lange genug."

„Nimm dich vor ihm in Acht", warnte Lucky. „Du bist nicht die Erste. Wenn der hat, was er will, dann ..."

Jasmin machte sich von Lucky los. „Wenn er lauter solche Freunde wie dich hat, sollte er sich andere suchen." Sie ließ ihn einfach stehen.

9.

Jasmin hatte den Schlüssel zur hinteren Tür eingesteckt, weil sie unbemerkt ins Haus schlüpfen wollte. Jetzt sollte die Familie noch nicht merken, mit wem sie den Abend verbracht hatte.

David stieg nicht ab, als sie vor dem Haus ankamen. Er stellte nicht einmal den Motor ab. Jasmin gab ihm den Sturzhelm.

„Ich ruf dich an", sagte er. Sie sah ihm nach, bis er um die Ecke bog. Im Wohnzimmer war noch Licht. Auch das noch, dachte Jasmin. Trotzdem benutzte sie den Hintereingang und schlich leise ins Haus. Es gelang ihr auch, unbemerkt in ihr Zimmer zu kommen. Sie machte kein Licht, als sie sich auszog und ins Bett ging. Schlafen konnte sie nicht, weil ihr zu viel im Kopf herumging, worüber sie nachdenken wollte. Es war schon nach Mitternacht. Ob jemand was bemerkt hatte, als sie ins Haus geschlüpft war? Sonst interessierten sich ihre Eltern nicht dafür, was sie abends unternahm. Sie vertrauten darauf, dass sie mit den „richtigen" Leuten verkehrte. Trotzdem hätte sie gerne noch mit jemandem geredet, deshalb stand sie noch einmal auf und ging zu Pamelas Zimmer. Als sich auf ihr leises Klopfen nichts rührte, öffnete sie vorsichtig die Tür. Pamelas Bett war leer. War sie wieder nachts im Wohnzimmer? Was machte sie dort?

Als Jasmin in ihr Zimmer zurückkehrte, klopfte ihr Herz schnell und unregelmäßig, weil ihr plötzlich einfiel, dass ihr Vater im Arbeitszimmer schlief. Und das hatte eine Verbindungstür zum Wohnzimmer. Nach dem Streit mit Mutter war er nach unten gezogen, obwohl sonst alles zwischen den Eltern wieder in Ordnung zu sein schien. Aber Vater und Pamela? Das konnte sich Jasmin nicht vorstellen.

Jetzt konnte sie erst recht nicht mehr einschlafen. Sie war verunsichert und wünschte fast die Zeit herbei, wo sie keine derartigen Probleme im Kopf herumwälzen musste.

David hatte in keinem Augenblick zu erkennen gegeben, dass sie ihm mehr bedeutete als jedes der drei anderen Mädchen, die auf Ruppis Party waren. Die schienen auch nicht davon begeistert zu sein, dass David sie mitgebracht hatte. Aber die hatten ohnehin mit ihren Freunden zu tun, die viel zu viel tranken und immer lauter geworden waren. David gab sich mit den Mädchen kaum ab. Manchmal tanzte er mit ihr, oder er redete mit den anderen. Jasmin konnte aber nicht herauskriegen, worum es ging.

„Hat es dir gefallen?", fragte er, als sie vor den anderen die Party verließen. „Bist wahrscheinlich andere Partys gewöhnt, gib's zu."

„Es war langweilig", behauptete Jasmin. „Die meisten hatten zu viel getrunken, und die Mädchen haben mich nicht weiter beachtet. Warum hast du dich so wenig um mich gekümmert?"

Davids spöttischer Blick ließ sie verstummen. Dann sagte er aber doch: „Du solltest dir einen eigenen Eindruck verschaffen. Da hätte ich nur gestört."

Gestört! So ein Idiot! Wenn sie bloß gewusst hätte, worum es in dieser Wette ging. Im Nachhinein war Jasmin gekränkt darüber, von David benutzt worden zu sein, ohne überhaupt den Grund zu kennen. „Ich war Gegenstand einer Wette", dachte sie wütend. „So blöd kann auch nur ich reinfallen. Das werde ich ihm heimzahlen."

Wann? Werde ich überhaupt Gelegenheit dazu haben? Er hat gesagt, dass er mich anruft. Wird er das tun? Was mache ich, wenn er nichts mehr von sich hören lässt? Seine Wette hat er ja gewonnen."

Ihr fiel all das ein, was sie Negatives über David gehört und selbst erlebt hatte: Einer, der im Kaufhaus klaute, hatte das bestimmt nicht zum ersten Mal gemacht. Und wie er die anderen behandelte, spöttisch und überheblich, als ob er ihnen einen Gefallen täte, sich überhaupt mit ihnen abzugeben. Einerseits hatte ihr das sehr imponiert. Aber es hatte sie gleichzeitig geärgert, wie David sie bevormundete. Zumindest vor den anderen benahm er sich wie ein Macho, als ob sie ausschließlich ihm gehöre. War das auch ein Teil dieser verdammten Wette?

Jasmin war noch nie auf einer derartigen Party gewesen. Wieder war sie fasziniert davon, wie locker sich die anderen gaben. „Das schaffe ich nie", dachte sie. „Erwartet David das auch von mir?" Sie hatte schon im *Falter* das Gefühl gehabt, es ginge dort zu wie in einem schlechten Krimi. Aber was bei Ruppis Party abgelaufen war, hatte sie sich vorher nicht vorstellen können. Zwei der Mädchen waren offensichtlich mit irgendwelchen Drogen zugedröhnt und ließen alles mit sich machen. Jasmin war angewidert, ließ sich aber nichts anmerken. Mit dem Fuß hatte sie zwei Flaschen beiseite geschoben, die Lucky und Lord gerade geleert und einfach auf den Boden geworfen hatten. Sollten etwa die Mädchen später dieses eklige Chaos beseitigen? Die konnten doch kaum noch auf den Beinen stehen! Jenny sah auch nicht danach aus, als ob sie das alles störte. Vor den Kerlen hatte sie ihr Top ausgezogen, um den anderen eine neue Tätowierung auf dem Busen zu zeigen.

„Geil! Darauf fährt Lord bestimmt mächtig ab."

Laut genug, damit es auch alle hörten, hatte Jenny schrill gesagt: „Nicht nur der!" Ihr Blick hatte viel sagend David gestreift.

Doch der hatte nur gelangweilt weggeschaut. Und kurze Zeit darauf gesagt: „Es reicht für heute. Wir gehen."

„Und ich bin brav mitgegangen", dachte Jasmin ärgerlich. „Was bildet dieser Mensch sich ein? Soll ich nun ihm gehorchen, so wie früher Mama und Papa? Nie! Das werde ich ihm gleich klarmachen, wenn ich ihn das nächste Mal sehe. Wenn ..."

Jasmin wurde aus ihren Gedanken gerissen. Sie hörte Schritte, dann wurde die Tür zu Pamelas Zimmer geöffnet, aber es war nicht Pamela. Jasmin hätte schwören können, dass ihre Mutter nun die Treppen hinunterlief und die Tür zum Wohnzimmer aufriss. Sekunden später wurde ihr klar, was sich nun abspielte. Unten gab es einen Aufschrei, dann knallten Türen, und sie hörte die Eltern streiten, konnte aber nichts verstehen. Hastige Schritte auf dem oberen Flur bestätigten Jasmins Vermutung, dass Pamela in ihr Zimmer rannte.

Also doch Vater und Pamela?

Unten im Wohnzimmer hörte der Streit auf, nur das laute Weinen der Mutter war noch zu hören. Ab und zu klang auch ein beruhigendes Wort ihres Vaters durch das nun stille Haus.

Irgendwann schlief Jasmin ein. Als der Wecker klingelte und sie dadurch zur gewohnten Zeit munter wurde, fühlte sie sich wie gerädert.

Am Frühstückstisch traf sie nur Arne an. „Was war denn heute Nacht los?", fragte sie ihn.

Er zuckt nur mit den Schultern. „Keine Ahnung. Bin erst vor zwei Stunden ins Bett gekommen."

Pamela tat, als sei nichts geschehen. Als Arne ging, ohne auch nur sein Ei mit Schinken anzurühren, sah sich Jasmin plötzlich allein mit der jungen Engländerin. „Kannst du mir erklären, was ..."

Aber Pamela erklärte nichts. Im Gegenteil. Sie sagte: „Wenn du das nächste Mal vorhast, so lange wegzubleiben, dann wäre es gut, ich wüsste es vorher. Dein Vater und ich haben ewig auf dich gewartet."

„Ich war längst zu Hause, als es Krach gab", verteidigte sie sich. Pamela ging nicht darauf ein. „Wir haben uns Sorgen gemacht. Sehr große Sorgen. Wo warst du? Ich sah dich wegfahren, mit einem Typ auf dem Motorrad."

„Weiß das mein Vater?"

„Ich musste es ihm sagen, er war sehr besorgt. Bei deiner Freundin warst du nicht. Wir haben sie angerufen."

Jasmin schluckte. Ihretwegen soll also der Krach gewesen sein. Und warum hatte Pamela nicht auch ihre Mutter informiert?

„Habt ihr denn nicht gehört, dass ich mit dem Motorrad wieder zurückgekommen bin? So um zwölf herum war es."

Darauf gab Pamela keine Antwort. Sie räumte das Geschirr auf das Tablett und ging in die Küche. Bevor Jasmin zur Schule ging, sah sie weder ihre Mutter noch den Vater. Sie war froh darüber, denn dadurch gewann sie Zeit, sich eine bessere Ausrede einfallen zu lassen. Elena empfing sie auch mit Vorwürfen. „Wenn du das nächste Mal ein Alibi brauchst, dann informiere mich vorher."

Den Englischtest verpatzte sie total. Sie fühlte sich elend wie nie zuvor, weil sie sich plötzlich von allen Seiten verschaukelt vorkam. Zweifel nagten an ihr und zerfraßen jeden vernünftigen Gedanken. An Konzentration war überhaupt nicht mehr zu denken. Hatte David sie nur benutzt, um vor seinen Freunden, wenn sie das überhaupt waren, anzugeben? Was war das für eine Wette, zu der sie hatte herhalten müssen? Sie hatte keine Antwort auf ihre Fragen bekommen, nur spöttisches Lächeln. Und würde er überhaupt einmal anrufen? Sie konnte doch keinem Menschen erzählen, wie sie reingefallen war, sogar einen Diebstahl gedeckt hatte. Nicht mal Elena durfte davon erfahren. Ihr gegenüber musste sie auch noch eine Ausrede erfinden.

Jasmin ahnte, dass sie auch von Pamela und ihrem Vater als Ausrede für das nächtliche Zusammensein benutzt wurde. „Die hätten doch sonst bemerken müssen, dass mich jemand mit dem Motorrad heimbrachte. Und Vater hätte mich sofort zur Rede gestellt, als ich zur hinteren Tür ins Haus kam. Dass ich mit dem Motorrad abgeholt wurde, hat Pam bestimmt gesehen und mich heute früh einfach überrumpelt."

10.

„Verdammt noch mal, jetzt hab ich mich doch verknallt!" David stellte sein Motorrad im Hof ab und deckte die Plane darüber. Eine bessere Möglichkeit, das teure Stück zu schützen, hatte er nicht. Er war auch nicht ganz bei der Sache, denn in seinen Gedanken war er immer noch bei der Party und Jasmin. Er hatte cool sein und den Jungs beweisen wollen, dass er immer bekam, was er wollte. Lucky hatte ihm das eingebrockt, weil er ihn am Kino angefahren hatte, er sollte die „Ladys" nicht anpöbeln. Dabei kannte er das Mädchen kaum. Lucky hatte die erstbeste Gelegenheit benutzt, um ihn herauszufordern. So war es zu dem Streit gekommen, bei dem Lucky ihn als größenwahnsinnigen Angeber bezeichnet hatte, der nicht mal eine Freundin habe. Luckys Wut galt auch dem neuen Motorrad, mit dem keiner aus der Wolfs-Gang mithalten konnte. Die Begegnung mit Jasmin im Kaufhaus war reiner Zufall gewesen. Die CD hätte er sogar bezahlt. Aber als er ihrem Blick begegnete, ritt ihn der Teufel. Er wollte ausprobieren, wie sie reagierte.

Und dann ergab es sich eben so, dass er sie in einem spontanen Einfall einlud. Er konnte den anderen zeigen: Ich habe ein Mädchen, und zwar eine richtige Oberklasse-Lady. Aber was jetzt daraus werden sollte, wusste er selbst nicht. „Da habe ich mir ja was eingebrockt", dachte er, als er längst in seinem Bett lag und auf den Lichtstreifen starrte, der durch das schmale Fenster auf die Wand fiel. Cool bleiben, Junge! Das hatte er sich immer wieder gesagt. In seinen Träumen und Zukunftsplänen waren Mädchen bisher kaum vorgekommen. Aber diese Jasmin, die ihn in unerklärlicher Weise an ein Foto seiner Mutter erinnerte, als sie noch jung war, beschäftigte ihn mehr, als er es wahrhaben wollte.

David hätte es nie offen zugegeben, aber in Wirklichkeit hing er sehr an seiner Mutter, die sich oft schützend vor ihn gestellt hatte, wenn sein Vater ihn in einem seiner Wutanfälle schlug. Später hatte er sich gewehrt und dafür noch mehr Schläge bekommen. Und weil er gegen seinen Vater nicht ankam, richtete er die Wut gegen seine Mitschüler. In dieser Zeit hatte er systematisch gelernt, jemanden brutal zusammenzuschlagen. Da war er kaum zwölf gewesen und hatte sich mit ein paar anderen Jungen zusammengetan, die sich Wolfs-Gang nannten. Er, David Wolf, war ihr Anführer geworden und es bis jetzt geblieben, obwohl die Mitglieder der Wölfe längst nicht mehr die waren, die damals die Gang gegründet hatten.

Aus der Kinderbande war eine Gruppe Jugendlicher geworden. Die meisten von ihnen waren arbeitslos, nur Ruppi jobbte gelegentlich in einer Druckerei. Meistens vertrieb sich die Wolfs-Gang die Zeit mit kleinen Gesetzwidrigkeiten: Sie klauten Autos und fuhren damit in der Gegend rum, bis der Tank leer war, oder sie begingen kleinere Ladendiebstähle. „Mutter wäre entsetzt, wenn sie wüsste, was wir alles schon auf dem Kerbholz haben", dachte David. Aber aufhören? Immer wieder reizte ihn der Kick und gab ihm das Gefühl, kein Versager zu sein, wie sein Vater ihn immer beschimpft hatte. Er stellte sich seine Zukunft genau vor. In der war für einen Weichling kein Platz.

Einmal wäre er beinahe einer geworden. Das war, als Moritz bei ihnen lebte und die kleine Schwester ihn mit ihrem Babylächeln um den Finger wickeln konnte. Aber dann war Herbert Wolf wieder aufgetaucht. Er hatte einen Freigang aus dem Gefängnis genutzt, um den Mann zusammenzuschlagen, der für ihn, David, fast zum richtigen Vater geworden war. Moritz starb noch in derselben Nacht. Jetzt hatte auch Silke keinen Vater.

Die Gedanken an diese Zeit versetzten David in große Wut und innerlichen Aufruhr. Gerade hatte alles begonnen gehabt, sich normal zu entwickeln. Moritz hatte einen guten Einfluss auf ihn genommen, ihn sogar dazu überredet, wieder zur Schule zu gehen, auch wenn er das Versäumte aufholen musste. „Beweise doch, dass du nicht wie dein Vater bist, David. Einfach alles hinzuschmeißen, weil sie dich wegen deinem Vater gemieden haben, das war falsch."

„Gut, ich werde es mir überlegen."

Dazu war es dann nicht mehr gekommen.

Die Kleine hatte die Prügelei miterlebt und sich schreiend in einer Ecke verkrochen. Er selbst war erst hinzugekommen, als Moritz schon bewusstlos am Boden lag. Bei den Verhören durch die Polizei wurde auch mehrmals davon gesprochen, dass es ratsam wäre, David in ein Heim zu geben, da er auch durch Schlägereien aufgefallen sei und die Schule grundlos verlassen habe. Sie behaupteten, seine Mutter könne mit ihm nicht fertig werden. Schließlich hatte sich der Bruder seiner Mutter, der in Berlin lebte, bereit erklärt, David in seiner Autowerkstatt zum Kfz-Mechaniker auszubilden. Seine Mutter war froh darüber gewesen, dass David trotz des schlechten Zeugnisses nach der neunten Klasse noch eine Lehrstelle bekommen hatte. Sie hatte genug damit zu tun, sich selbst und Silke über Wasser zu halten. Niemand hatte damit gerechnet, dass David in Berlin erst recht die falschen Freunde finden würde.

11.

Es war kein Zufall, dass sich Jasmin und David wieder begegneten. Beide hatten einander gesucht, ohne es vor sich selbst zuzugeben. „Hallo, Lady!"

Jasmin fuhr herum, als David sie plötzlich auf dem Heimweg von der Schule ansprach. Sie hatte sich gerade von Elena verabschiedet. „Hast du heute nichts zu tun?", fragte sie.

„Freier Tag", sagte er. „Kommst du mit auf ein Eis?"

Ohne darüber nachzudenken, dass zu Hause das Mittagessen auf sie wartete, ging sie mit. Während sie ihr Eis aß, schaute sie ihn immer wieder an. Einmal begegnete sie seinem Blick und wurde puterrot. „Du hast nicht angerufen", sagte sie.

„Doch. Aber da war immer jemand dran, mit dem ich nicht reden wollte." David lachte, und sie glaubte ihm. Tagelang hatte sie auf seinen Anruf gewartet.

Viel zu schnell war das Eis gegessen, ohne dass sie viel miteinander sprachen. Jasmin dachte: „Er hat angerufen. Mich nicht vergessen. Ich war also nicht nur für seine verdammte Wette gut. Warum hat er mir das überhaupt erzählt?"

„Der Tag ist viel zu schön, um in der Stadt zu hocken. Hast du Lust, mit mir ein Stück rauszufahren?"

Jasmins Herz klopfte schnell. „Hoffentlich merkt er nicht, wie sehr ich mir wünsche, noch länger mit ihm zusammen zu sein", dachte sie. „Gleich geht's nicht", sagte sie und bemühte sich, ruhig zu sein. „Um vier? Da könnte ich mich loseisen."

„Ich hol dich ab. Pünktlich, ich warte nicht gern."

Jasmin hatte Glück. Außer Pamela war niemand zu Hause. Sie aß hastig die warm gehaltenen Linsen mit Würstchen. „Was ist?", fragte sie, weil sie spürte, dass Pamela sie beobachtete.

„Du hast es so eilig. Gehst du nachher noch mal weg?"

„Ja, was dagegen?", antwortete Jasmin patzig. Sie wollte nicht weiter ausgefragt werden.

„Wann kommst du wieder?"

„Weiß nicht. Warum?" Instinktiv spürte Jasmin, dass hinter der Fragerei mehr steckte als bloße Neugier. „Wo ist Mama?"

„Weggefahren. Kommt erst heute Abend wieder. Nach Wiesbaden, zu ihrer Freundin, hat sie gesagt." Jasmin war beruhigt. Wenn ihre Mutter zu Charlotte fuhr, dauerte es meistens lange, bevor sie abends wieder zu Hause war. Aber irgendwie glaubte Jasmin nicht mehr richtig an die häufigen Besuche, genauso wenig wie an die nächtlichen Zufälle, bei denen sie Pamela im Haus begegnet war, seit ihr Vater auf der Liege in seinem Arbeitszimmer schlief. Sie hatte Arne gegenüber eine Andeutung gemacht. Seine Auskünfte waren wenig befriedigend. Er hatte nur die Bewegung der drei Affen gemacht: Nichts hören, nichts sehen, nichts sagen.

„Na gut", dachte Jasmin, „werde ich mich auch dran halten. Von David brauchen sie ja vorerst nichts wissen. Und wann ich heute von meiner Tour mit ihm zurückkomme, das weiß ich sowieso nicht." Sie war schon eine Viertelstunde vor der Zeit fertig. Obwohl es schon recht warm war, hatte sie unter der Jeansjacke ein Sweatshirt an. Wenn David schnell fuhr, zog es sicher auf dem Motorrad. Durch einen Spalt in der Gardine spähte sie auf die Straße. Er musste nicht unbedingt wissen, dass sie am Fenster auf ihn wartete.

Aber David fuhr heute nicht mit dem Motorrad vor. „Lady", sagte er ein bisschen spöttisch, als er endlich vor der Haustür stand, „darf ich bitten ..." David machte eine einladende Geste zu einem tollen Sportwagen hin.

Jasmin vergaß vor Überraschung, die Tür hinter sich zu schließen. Pamela schaute ihr erstaunt hinterher.

„Wem gehört denn das Auto?", fragte Jasmin schließlich. „Ich dachte, du kommst mit dem Motorrad." Immer noch schaute er sie spöttisch an. Auf ihre Frage bekam Jasmin keine Antwort. Als er startete, sagte er nur: „Hast du noch nie was von Anschnallen gehört?"

Dadurch wurde Jasmin von ihrer Frage abgelenkt und bekam einen roten Kopf. Sicher gehörte das schnelle Auto einem seiner Freunde. Aber welchem? Von denen, die sie auf der Party kennen gelernt hatte, sah keiner so aus, als besitze er ein solches Auto. Sofort schämte sich Jasmin ihrer Gedanken. Typisch höhere Tochter, dachte sie. Nach Äußerlichkeiten urteilen.

David fuhr sicher und diszipliniert, so als säße er immer am Lenkrad eines solchen Wagens. Erst als sie auf einer Ausfallstraße aus der Stadt herausfuhren, sagte er, ohne dass sie ihn noch mal danach gefragt hätte: „Ich hab mir das Auto besorgt, weil ich dachte, dass du noch nicht so sicher auf dem Sozius sitzt."

„Besorgt?" Jasmin war geschockt. „Heißt das, du hast das Auto geklaut? So wie die CD im Kaufhaus?"

„Reg dich ab, Lady. Wenn wir es nicht mehr brauchen, stelle ich es ja wieder hin. Und das bisschen Sprit wird der wohl verschmerzen können."

„Sag nicht immer Lady zu mir!", fuhr sie ihn an. „Und kehr sofort um. Oder lass mich aussteigen!"

David trat aufs Gaspedal und fuhr schneller. „Wenn du mit mir zusammen sein willst, Jasmin – recht so? –, dann wirst du noch ganz andere Sachen erleben. Ich bin, wie ich bin. Und daran wirst du auch nichts ändern. Also gewöhne dich daran."

Jasmin biss sich auf die Lippen. Es blieb ihr gar nichts anderes übrig, als mitzumachen, und irgendwie gefiel es ihr sogar, dass David extra für sie ein Auto geklaut hatte. Trotzdem wollte sie sich noch ein bisschen widerspenstig zeigen.

„Was hast du denn noch zu bieten?", fauchte sie. „Und wenn sie uns erwischen, was dann?"

„Sie erwischen uns nicht."

„Hast du überhaupt einen Führerschein fürs Auto? Oder nur fürs Motorrad?"

Er feixte nur. „Ich hab sogar die Autopapiere", fügte er dann hinzu. „Könnte den Schlitten glatt verkaufen."

Jasmin schüttelte nur den Kopf. „Spinner."

Sie wusste nicht einmal, wohin sie fuhren. „Der macht mit mir, was er will", dachte sie. „Mama bekäme Zustände, wenn sie wüsste, in was ich mich da eingelassen habe."

Jasmin lächelte bei dem Gedanken. Bisher wusste nur Pamela von David. Die würde vorerst den Mund halten.

„Du bist ja so schweigsam. Hat dir die Angst die Sprache verschlagen? Ich mache das nicht zum ersten Mal", sagte David. „Ich habe mir schon Autos ausgeborgt, als ich noch keinen Führerschein hatte. Und da sind wir tolle Rennen gefahren. Selten, dass eine Karre zu Schrott ging."

„Wo war das?" Jasmin sah eine Gelegenheit, mehr über David zu erfahren, als sie bisher wusste. Vielleicht gab er ja auch nur an.

„In Berlin. Ich habe die letzten beiden Jahre dort gelebt. Wir waren eine tolle Clique."

„Und warum bist du dann wieder nach Hause gekommen, wenn es dort so super war?"

David antwortete eine ganze Weile nicht, tat so, als konzentriere er sich auf die Straße, auf der wenig Verkehr war. Rechts und links säumte Wald die Strecke. An einer Stelle zweigte ein Forstweg ab. David bog ab und fuhr ein Stückchen hinein, dann hielt er. „Ich habe mir die ganze Zeit überlegt, ob dich schon mal einer geküsst hat", sagte er und löste den Gurt. „Hat schon einer?"

Jasmin wurde rot. „Bingo", dachte sie. „Woher weiß er nur, dass ich noch nie einen richtigen Freund gehabt habe?" David ließ ihr gar keine Zeit zu einer Antwort, sondern küsste sie einfach.

12.

Es war schon dunkel, als David den Wagen in einer Nebenstraße abstellte. Vielleicht war er noch nicht mal als gestohlen gemeldet. Die paar Stunden! Und Benzin war nur wenig verbraucht. Als er ausstieg und die Wagentür schloss, war nicht einmal jemand in der Nähe. „Der wird Probleme haben, überhaupt zu beweisen, dass das Auto weg war", dachte David. Vorsichtshalber hatte er aber doch mögliche Spuren am Lenkrad und an anderen Stellen abgewischt. Man musste sich ja nicht unnötig Ärger machen.

Er lief das kurze Stück dorthin, wo er sein Motorrad geparkt hatte. Auf der Fahrt nach Hause war er bester Stimmung. Gewissensbisse hatte er nicht. In seiner Berliner Zeit hatte er verlernt, sich über solche Sachen Gedanken zu machen. Stan, ein Arbeitskollege, hatte ihn darauf gebracht, ab und zu eine heimliche Spritztour mit den schicken Autos zu unternehmen, die sie tagsüber reparierten. Anfangs hatten sie sich noch die Schlüssel nachgemacht, später lernte David, wie man ein am Straßenrand geparktes Auto aufbricht und kurzschließt. Auf irgendeine Weise hatte es ihn gereizt, so zu leben, immer mit der Angst im Nacken, erwischt zu werden. Aber schließlich war es nicht mehr nur der Kick gewesen, den er hatte, wenn er etwas Verbotenes tat, sondern schlicht die Möglichkeit mit illegalen Geschäften Geld zu verdienen. Viel Geld. Nur vor dem Knast hatte David regelrechten Horror. Wie sein Vater wollte er nicht werden. Und heute war er in einem geklauten Auto durch den Taunus gefahren, mit einem Mädchen, das so gar nicht zu ihm passte.

„Am besten ich mache gleich mit ihr Schluss", dachte David. „Ich habe mich schon viel zu sehr mit ihr eingelassen. Wenn sie dann den Kanal von mir voll hat, und das kann ziemlich schnell passieren, dann tut's weh. Für mich. Ich hatte mir doch geschworen, so was wie Liebe nicht mehr an mich ranzulassen. Wieder nichts gelernt, rückfällig geworden, David Wolf. Lieber nicht dran denken."

Er stellte sein Motorrad im Hof ab und deckte die Plane darüber. Es war noch nicht spät, er hätte zum Cliquentreff gehen können. Doch manchmal ödete ihn das Gequatsche der andern an, die in ihm den Boss sahen. Außer Lucky, der selber gern der Boss gewesen wäre. Unter dem wäre die ganze Truppe längst im Knast. Aus. Fini. David war gerade noch zur rechten Zeit zurückgekommen. Aber das passte Lucky überhaupt nicht.

Als David die Wohnungstür aufschloss, sah er seine Mutter in der Küche.

„Ich mache dir gleich was. Du wirst Hunger haben."

David hatte tatsächlich Hunger. Er setzte sich an den Küchentisch. „Was hast du heute gemacht? Warst du noch mal beim Arbeitsamt?"

„Bisschen rumgefahren", sagte David ungenau. Es störte ihn, dass seine Mutter ihn schon wieder auf die vergebliche Jobsuche ansprach. An der Tankstelle verdiente er nicht schlecht. Seine Versuche, in einer Autowerkstatt unterzukommen, waren bisher vergeblich gewesen. Außerdem gefiel ihm der Job an der Tankstelle besser, weil er da viel freier war und oft Trinkgeld kassieren konnte.

„War so schönes Wetter. Und ihr? Warst du mit Silke spazieren?"

Er spürte, dass seine Mutter ihm etwas erzählen wollte. „Oder was gibt es sonst Neues?"

„Im Supermarkt hing heute ein Zettel. Sie suchen eine Aushilfe, ich habe mich gleich vorgestellt ..."

„Du willst wieder arbeiten?"

„Ich kann gleich nächste Woche anfangen. Waren in die Regale einräumen, später vielleicht an die Kasse, ist das nicht wie ein Wunder? Ich habe es so satt, von der Sozialhilfe zu leben."

David war nicht so begeistert wie seine Mutter. „Ich finde schon wieder einen Job, mit dem ich euch unter die Arme greifen kann. Vielleicht behalten die mich auch an der Tankstelle. Ich verstehe was von Autos. Was wird aus der Kleinen?"

Davids Mutter merkte in ihrer Hochstimmung nicht, dass ihrem Sohn der Gedanke, dass sie arbeiten ging, nicht passte. „Ich kann sie im Kindergarten unterbringen. Das wollen sie von der Firma aus erledigen. Der ist ganz in der Nähe. Und kostet auch nicht sehr viel. Oma würde sie abholen, wenn ich mal länger arbeiten muss ..."

„Na prima", sagte David nur. Aus irgendeinem Gefühl, das er sich nicht erklären konnte, freute er sich nicht darüber. Deshalb blieb er auch nicht mehr lange, nachdem er gegessen hatte. „Ich geh ins Bett. Muss morgen zeitig raus. Gute Nacht."

Doch dann lag er stundenlang wach. Er spürte förmlich noch Jasmins kindliche Küsse. Es waren bestimmt die ersten ihres Lebens. Zärtlich und ein bisschen spöttisch wiederholte er in seinen Gedanken, was sie ihm über sich erzählt hatte: „Alle erwarten von mir, dass ich funktioniere, nett bin, keine Scherereien mache", hatte sie ihm geklagt. „Aber ich habe das so was von satt. Ich will nicht mehr, verstehst du?"

„Wieso konnte gerade mir so ein Mädchen begegnen?", dachte er. „Wird nicht lange dauern und sie wird ihre Unschuld verloren haben. Sie glaubt jetzt schon, dass sie ein Ausbund an Verdorbenheit ist, nur weil sie mit mir zusammen ist. Ich sollte die Finger von ihr lassen, kann's aber nicht. Ich hab mich in die Lady total verknallt. Und sie sich in mich. Das gibt eine Katastrophe. Echt."

Um sich von Jasmin abzulenken, dachte David an seine erste große Liebe. Das war noch gar nicht so lange her, aber es schien ihm, als sei eine Ewigkeit dazwischen. Als er in Berlin angekommen und bei seinem Onkel die Lehre als Kfz-Mechaniker begonnen hatte, war er sich ziemlich verloren vorgekommen. Die Verwandtschaft hatte ihn nicht mit offenen Armen empfangen. Nur die inständigen Bitten seiner Mutter, ihm eine Chance zu geben, hatten dazu geführt, ihn aufzunehmen. Aber er spürte nur zu genau, wie misstrauisch sein Onkel und dessen Frau ihn beobachteten. Er hatte ein spärlich eingerichtetes Zimmer über der Werkstatt bekommen, dort nahm er auch sein Essen ein. Ins Familienleben wurde er nicht einbezogen. Aber das war ihm gerade recht. Auf diese Weise konnte er nach Feierabend gehen und kommen, wann immer er wollte. Hauptsache er war morgens pünktlich zur Stelle.

Sein Arbeitskollege Stan nahm es mit der Arbeitszeit nicht so genau. „Wenn ich abends Überstunden mache, kann ich mir doch früh ein bisschen Verspätung erlauben. Oder?"

Davids Onkel war morgens oft auch erst später da. David musste die Werkstatt pünktlich öffnen, falls ein früher Kunde kam. Er war kein Langschläfer, auch wenn es abends spät geworden war. Stan sorgte dafür, dass David in die Berliner Szene eingeführt wurde. Er war drei Jahre älter als David, verstand viel von Autos und auch davon, wie man bei der Reparatur Schäden feststellt, die gar nicht da waren. Dabei kam auch Davids Onkel auf seine Kosten. Das merkte David schon in den ersten Wochen, aber er schwieg dazu. Das war nicht sein Bier.

Stan brachte David nicht nur bei, was er als Mechaniker lernen sollte. Er zeigte auch, wie man mit fremden Autos

Spritztouren machen konnte, ohne dass es die Besitzer merkten, wie man Autos knackte und wie man Mädchen aufriss. Irgendwie gewöhnte sich David schnell ein. Ihm gefiel es, sich ab und zu einen richtigen Kick zu verschaffen, wie es auch die anderen taten, mit denen ihn Stan bekannt gemacht hatte. Langeweile verspürte er seitdem nicht mehr in seinem Zimmer über der Werkstatt. Sein Onkel kümmerte sich nicht um das, was er nach Feierabend machte. Hauptsache, er spurte während der Arbeitszeit. Und das tat David. Ihm machte es Spaß, mit Autos umzugehen. Er träumte davon, eines Tages einen ganz tollen Schlitten zu besitzen.

Einmal brachte Stan seine Schwester mit zum Szenetreff. „He, wer ist das denn?", fragte sie und musterte David. „Neu importiert?" Stan feixte. „Warst lange nicht da, Cora. So neu ist David nun auch wieder nicht."

Wie es kam, dass Corinna ihn zu einer Spritztour überredete und wie schnell Stan ein geklautes Auto herbeigeschafft hatte, daran konnte sich David später nicht mehr genau erinnern. Er wusste nur, dass Cora ihn von Anfang an faszinierte. Am nächsten Tag konnte er den Feierabend kaum erwarten. Er fragte Stan immer nur nach seiner Schwester aus. „Mann, dich hat's aber erwischt. Ist das deine erste Liebe?"

David war ganz berauscht, als er merkte, dass sich Cora für ihn interessierte. Damals konnte er noch nicht ahnen, wie schnell er von der kapriziösen Cora fallen gelassen werden sollte. Aber eins merkte er sehr schnell. Mit seinem knappen Lehrlingslohn, von dem er auch noch das Essen und die Zimmermiete von seinem Onkel abgezogen bekam, reichte es nicht hinten und nicht vorn. Cora arbeitete als Sekretärin, und sie war anspruchsvoll. Sie wollte nicht nur in billige Kneipen. Sie ging gerne schick essen oder in teure Discotheken. „Lass dir was einfallen", riet Stan, „sonst bist du Cora los."

In David bohrte die Eifersucht. Cora war für ihn alles: die Liebe überhaupt. Er konnte an nichts anderes mehr denken als an die nächste Nacht mit ihr. Aber Cora hielt ihn kurz. Und sie hatte große Ansprüche. Erst lieh ihm Stan Geld. Dann gab er ihm den Tipp, aus den Autos, die die Clique sich von Zeit zu Zeit „auslieh", doch mal was mitgehen zu lassen und später zu verkaufen. Schließlich machte es ihm nichts mehr aus, Autos aufzubrechen und teure Radios auszubauen. Eines Tages fand er im Handschuhfach eines Wagens die Fahrzeugpapiere. Der Gedanke, das Auto nicht wieder zurückzubringen, sondern es an einen von Stans Freunden zu verkaufen, der es umspritzte und nach Polen brachte, war nicht fern. Die anfänglichen Kicks mit den anderen aus der Szene waren bald unwichtig. Hauptsache, Cora war zufrieden und machte ihn glücklich. David war total von ihr abhängig.

Sein Onkel aber wurde zunehmend unzufriedener mit ihm. Er warnte David: „Nimm dich bei der Arbeit zusammen und schwänze nicht die Berufsschule, sonst fliegst du raus. Achtkantig, hörst du! Du hast zu parieren, noch bist du minderjährig. Und lass die Weiber in Ruhe. Das gibt nur Ärger."

Weiber! Als ob Cora zu jener Sorte gehörte, die sein Onkel meinte. David war stolz darauf, dass er nun genug Geld hatte, um mit Coras aufwändigem Lebensstil mithalten zu können. Wenn er einen Anruf seiner Mutter erhielt, die erzählte, wie schwer es ihr fiel, auf dem Sozialamt vorzusprechen, gab es ihm zwar jedes Mal einen Stich, aber Cora gelang es stets, sein schlechtes Gewissen zu beruhigen.
. Aber dann kam der Tag, an dem Cora einfach Schluss machte. Sie hatte sich in einen ihrer Chefs verliebt, der einen

Sportwagen fuhr und eine Eigentumswohnung in Charlottenburg hatte. David war sofort klar gewesen, dass dieser Mann Cora mehr bieten konnte als er. Tagelang lief er wütend durch die Stadt, ging nicht zur Arbeit, trieb sich auf der Straße herum. Es war Stan, der ihn schließlich zurückholte und auch ein gutes Wort bei Davids Onkel einlegte. Aber Stan handelte nicht uneigennützig.

Gemeinsam zogen sie jetzt das „Autogeschäft" erst richtig auf. Abends nach der Arbeit brach David Autos auf, die in einer fremden Werkstatt umgespritzt und frisiert wurden. Dort arbeitete er dann nachts. Tagsüber war er todmüde. Sein Onkel drohte: „Ich schmeiß dich raus! Aus dir wird mal ein Krimineller, wie dein Vater!"

„Bin ich doch schon", hatte David sarkastisch gedacht. „Wird Zeit, dass ich hier verschwinde."

Stan sorgte dafür, dass die Wagen über einen Mittelsmann nach Polen gebracht wurden. Aber David merkte bald, dass Stan das Geld, das er für die Autos bekam, nicht ganz ehrlich aufteilte. Zwei Wochen vor seinem achtzehnten Geburtstag zwang er Stan, ihm das Geld zu geben, das ihm aus den Autodiebstählen zustand. „Ich brauche eine Maschine, mit der ich mich sehen lassen kann."

„Bist du verrückt? Hast nicht mal 'nen Führerschein."

„In zwei Wochen hab ich ihn, Und wenn du mich linkst, kriegen die Bullen einen heißen Tipp."

Stan schnaubte vor Wut. „Das zahl ich dir heim. Mit Zins und Zinseszins. Du Bastard."

Seine Lehre hatte David dann abgebrochen. Wahrscheinlich hätte sein Onkel ihn sowieso bald rausgeschmissen. Er wollte weg aus Berlin. Vielleicht doch noch ein ehrliches Leben anfangen. Vor allem aber eins: nie wieder Liebe!

Und jetzt?

In dieser Zeit war auch der romantische Traum entstanden, für seine Mutter und die kleine Schwester zu sorgen. Sie sollten nicht mehr vom Sozialamt abhängig sein. Und er wollte sie vor Herbert Wolf in Sicherheit bringen.

Mit diesem Ziel fuhr er zurück.

13.

Immchen verstand die Welt nicht mehr. Immer hatte sich Jasmin bei ihr Rat geholt. Jetzt trieb sie sich, so hatte Pamela ihr erzählt, bis in die Nacht herum, wurde sogar von einem mit Auto abgeholt. Pamela hatte nicht petzen wollen, aber als Immchen eher als sonst zur Arbeit kam, war Jasmin noch nicht einmal aufgestanden. Immchen weckte Jasmin. „Los, du kommst zu spät zur Schule. Steh auf!"

„Ist mir doch egal!", murmelte Jasmin und drehte sich zur Wand um. „Ich gehe heute nicht hin."

Immchen zog ihr das Deckbett weg. „Und warum nicht, wenn ich fragen darf? Weil du gestern zu spät nach Hause gekommen bist?"

Maulend stand Jasmin auf. „So spät war's gar nicht. Außerdem bin ich kein Baby mehr."

Kopfschüttelnd ging Immchen nach unten. Jasmins Mutter war in dieser Nacht überhaupt nicht zu Hause gewesen. Pamela hatte gesagt, dass Frau Sperber bei ihrer Freundin in Wiesbaden geblieben sei. Auch Arne war nicht da. „Hier macht neuerdings jeder, was er will", murmelte Immchen. „Was hat denn der Chef dazu gesagt?", fragte sie das Au-pair-Mädchen. Sie wusste nicht, ob sie sich täuschte, aber Pamela schien rot zu werden.

„Er hat gearbeitet, in seinem Zimmer." Pamela verschwand ziemlich schnell mit dem Mülleimer nach draußen.

Dafür kam Jasmin. Sie hatte die Müdigkeit überwunden. „Ich gehe erst zur zweiten Stunde. Sport spare ich mir heute. Mir wird schon was einfallen ..."

„Dir fällt in letzter Zeit ziemlich viel ein", sagte Immchen. „Fällt dir auch ein, wie derjenige heißt, der dich gestern mit dem Auto abgeholt hat?"

Jasmin warf das Marmeladenbrötchen auf den Teller zurück und sprang wütend auf. „Hat Pam gequatscht? Die soll sich mal lieber um ihre eigenen Angelegenheiten kümmern. Die war doch froh, dass gestern sturmfreie Bude war!"

„Jasmin! Was sind denn das für Töne? Was ist hier los?", fragte Immchen streng.

Aber Jasmin war auf Streiten aus. „Das geht dich nichts an. Ich frage dich auch nicht danach aus, was du machst ..."

Sie schnappte ihre Tasche und rannte davon. Vor der Haustür traf sie Pamela. „Wenn du weiter so rumquatschst, erzähle ich mal meiner Mutter, was du nachts unten im Wohnzimmer machst", fuhr sie die Engländerin an. Dann lief sie davon, bevor Pamela überhaupt etwas erwidern konnte.

Jasmins gute Laune war verflogen. Sie hatte es sich wundervoll vorgestellt, heute einfach die Schule zu schwänzen und nur an David zu denken. Sogar eine Ausrede hatte sie sich schon ausgedacht: „Ich hab wahnsinnige Kopfschmerzen."

Aber dann war Immchen zu unvermutet vor ihrem Bett aufgetaucht, und sie hatte falsch reagiert. Da war nichts mehr mit ihrer Kopfschmerzausrede zu machen. Immchen hatte ihr doch früher immer vertraut. Oder war es deswegen, weil sie bemerkt hatte, dass Jasmin nicht mehr so pflegeleicht war wie früher. Nicht mehr so berechenbar und verlässlich. „Daran müssen sie sich gewöhnen", dachte Jasmin. Und sie beschloss spontan, an diesem Tag nicht in die Schule zu gehen. „Es wird mir schon was einfallen", dachte sie, und sie fühlte sich plötzlich leicht und unbeschwert. Der Tag war gerettet.

Und was für ein Tag! Die Sonne wärmte schon gut, obwohl es noch zeitiger Frühling war. Als Jasmin durch den Park schlenderte, atmete sie tief den Geruch der Erde ein. Die Knospen an den Zweigen schienen nur auf den Augenblick zu warten, da sie aufbrechen konnten. Jasmin setzte sich auf eine Bank neben einer Birke. Sie genoss den Ausblick auf einen kleinen Pavillon, dessen Dach von Säulen getragen wurde. Er stand ein kleines bisschen erhöht auf einer Wiese, deren zartes Grün sich wie ein Schleier ausbreitete. Jasmin wurde regelrecht euphorisch. Wie konnte man an einem solchen Tag in einem Schulzimmer sitzen und sich irgendwelche Sachen eintrichtern lassen, die man später im Leben sowieso nicht brauchen konnte! Aber so ein Morgen, allein im Park, so eine herrliche Stimmung, die konnte einem kein Lehrer geben. Sie war richtig froh darüber, sich diesen Morgen geklaut zu haben.

Sie räkelte sich und dachte dabei an David. Er hatte sie geküsst, nicht nur einmal, sondern immer und immer wieder. Es war schon dunkel gewesen, als sie aus dem Forstweg rückwärts wieder auf die Straße gefahren waren. Ohne es zu wollen, hatte sie David ihr ganzes bisheriges Leben erzählt. Wenn sie mit ihm allein war, legte er das Macho-Gehabe ab, das sie so störte, wenn seine Kumpel dabei waren. Er konnte sogar richtig gut zuhören.

Sie waren dann noch in einer Gaststätte gewesen, hatten etwas gegessen. Und sie hatten weiter geredet.

„Hast du keine Freundin?"

„Was willst du hören, Lady? Dass du die Erste bist und die Einzige?"

Wenn er Lady zu ihr sagte, war ihr nie ganz wohl. Natürlich hatte sie sich nicht eingebildet, die Erste zu sein. So wie David aussah, mussten ihm ja die Mädchen nachlaufen. Aber ihr Herz zog sich zusammen, wenn sie daran dachte, er könnte auch andere Mädchen so küssen wie sie. Sie dachte: „Das war ein Gefühl wie gleich ohnmächtig werden vor Glück. Nie mehr aufwachen, nur so weitergehen müsste es."

Wenn sie die Augen schloss, konnte sie sich das Gefühl beinahe wieder zurückholen, aber eben nur beinahe. Was hatte Elena dafür für eine Beschreibung? Kribbeln im Bauch, wie Ameisen, nur viel, viel schöner. Elena würde staunen, wenn sie erfuhr, dass sie nun einen Freund hatte. Eine Beziehung! Auch so ein Ausdruck, der früher für sie keine besondere Bedeutung gehabt hatte. Durch David war alles anders geworden.

Sie lachte, als sich ein Spatz zu ihren Füßen niederließ und an ihrem Schuh herumpickte. „Hab dir leider nichts mitgebracht, Piepmatz", sagte sie. „Mein Frühstück ist zu Hause auf dem Küchentisch liegen geblieben." Da flog der Spatz davon.

Langsam belebte sich der Park. Mütter spazierten mit ihren Kindern die Wege entlang, ein Rentner hatte tatsächlich etwas für die Spatzen mitgebracht, ab und zu fuhr jemand auf dem Rad vorbei, oder ein einsamer Jogger pustete sich den Stress vom Hals. So eine Leichtigkeit hatte Jasmin noch nie in sich gespürt. Es war, als ob sie auf einem anderen Stern säße und alle Probleme lichtjahreweit von ihr entfernt seien.

David, David, David. Nur dieser eine Gedanke war in ihr. Sie musste den Namen nicht einmal aussprechen. Es war ein Gefühl geworden, gegen das alles andere bedeutungslos erschien.

Als sie schließlich von der Bank an der Birke aufstand, schaute sie nicht auf die Uhr. Sie wollte dieses schöne Gefühl in sich nicht in Stunden, Minuten oder Sekunden messen. Zeitlos musste es bleiben. Für immer. Aber abrufbar, wenn sie es brauchte.

„Ich werde es oft brauchen", dachte Jasmin. „Noch weiß ich ja nicht einmal, ob David es ernst meint, ob er mich genauso liebt wie ich ihn." Eine erste kleine Angst kroch in ihrer Kehle hoch. „Was mache ich bloß, wenn er nur eine Abwechslung gesucht hat? Vielleicht hat er irgendwo eine Freundin. Auf meine Frage habe ich keine Antwort bekommen." Sie fuhr mit der S-Bahn ins Zentrum. „Ich muss an was anderes denken", dachte sie.

14.

Die Entschuldigung für die Schule bekam Jasmin anstandslos von ihrer Mutter. „Ich hatte Kopfschmerzen. Fürchterliche Kopfschmerzen. Die frische Luft tat mir gut. Hab ich vielleicht von dir geerbt, die Migräne."

Jasmin wusste, dass sich ihre Mutter oft Unangenehmes vom Halse schaffte, indem sie Migräne vorschützte. Ihrem Vater hätte sie so leicht nichts vormachen können. Aber der schien andere Sorgen zu haben. Er verschwand gleich nach dem Abendessen in seinem Arbeitszimmer. Ihre Mutter setzte sich vor den Fernseher, Arne fuhr wie fast jeden Abend weg.

Blieb nur noch Pamela. Jasmin bereute schon, sie am

Morgen so angefahren zu haben. Das wollte sie wieder gutmachen. Sie klopfte bei Pamela. Das Mädchen schaute von ihren Büchern auf. „Störe ich? Dann komme ich ein anderes Mal ..."

„Nein. Komm nur herein. Tut mir übrigens wirklich Leid, dass ich Immchen gesagt habe, dass du oft spät heimkommst."

Jasmin fiel ein Stein vom Herzen. „Ist schon okay. Ich wollte mich auch entschuldigen. War nicht so gemeint, Pam."

Jasmin setze sich auf Pamelas Bett, weil alle anderen Sitzgelegenheiten mit Büchern und Heften belegt waren. Als sie wieder aufschaute, sah sie in Pamelas Augen Tränen. „Was hast du?"

„Ich muss weggehen", schluchzte Pamela. „Es ist schrecklich. Und ich habe das nicht gewollt."

„Was? Hast du was angestellt?"

Unter Tränen erzählte Pamela, dass sie sich in Jasmins Vater verliebt hatte und er sich in sie. „Er hat mir gesagt, dass deine Mutter ihn betrügt. Stimmt das?"

Jasmin konnte kaum ein Wort herausbringen. Ihre Kehle war wie zugeschnürt. Sie nickte nur. Was sollte nun werden? Würde ihr Vater die Familie verlassen und mit Pamela weggehen? Oder musste die Mutter aus dem Haus? Und sie mit? Arne war alt genug und führte sowieso sein eigenes Leben. Aber sie, Jasmin, war noch minderjährig.

Endlich war sie im Stande, etwas zu fragen. „Weiß Mama von euch?"

„Sie ahnt es – vielleicht."

„Und du willst fortgehen? Mit meinem Vater?"

Jetzt schüttelte Pamela heftig den Kopf. „Allein!", stieß sie hervor. „Bevor es zu spät ist. Verrate mich nicht, Jasmin. Bitte." Sie schob die Bücher und Hefte auf dem Tisch zusammen und stapelte sie zu einem Haufen. „Hat ja jetzt sowieso keinen Zweck mehr."

Jasmin dachte: „Wenn sie geht, wird es auch nicht besser. Mama und Papa leben sowieso nur noch wie zwei Fremde in einem Haus." Sie wünschte sich, dass alles wieder in Ordnung käme. Ihre Eltern sollten sich wieder vertragen, so wie früher, als es noch keinen Jürgen für ihre Mutter und keine Pamela für ihren Vater gegeben hatte. „Kannst du nicht mit meinem Vater reden und ihm sagen, dass Schluss ist?", fragte sie unsicher. „Ich meine, dann könntest du doch bleiben."

„Aber ich liebe ihn doch!" Pamela legte ihr Gesicht in die Arme und weinte jämmerlich. Dabei stieß sie den Bücherstapel um. Jasmin schichtete ihn an einer anderen Stelle wieder auf. Was sollte sie dazu sagen? Würde ihr einer David ausreden wollen, wäre das auch aussichtslos.

„Was weiß Immchen?", fragte sie. „Die war heute so komisch."

Pamela setzte sich wieder gerade hin. „Von uns weiß sie nichts. Von deiner Mutter erzählt sie nichts. Nur um dich macht sie sich Sorgen. Wegen dem Jungen, der dich abgeholt hat. Mit dem Motorrad."

Jasmin verzog spöttisch den Mund, und sie hatte in diesem Augenblick das Gefühl, genauso auszusehen wie David, wenn der spöttisch lächelte. „Der ist schon in Ordnung", sagte sie.

„War er das gestern auch, mit dem Auto? Hat er eins?"

Wieder lächelte Jasmin. „Nur ausgeliehen." Sie dachte: „Jetzt habe ich nicht mal geschwindelt."

„Bleib hier", bat sie. „Seile dich einfach nur ganz langsam von meinem Vater ab." Als Pamela verständnislos schaute, musste Jasmin, wie so oft, das deutsche Wort erklären. Das lenkte Pamela wenigstens von ihrem Kummer ab. Aber

Jasmins Probleme wegen der Eltern wurden deshalb nicht kleiner. Es wäre alles nicht so schlimm, wenn Pamela sich in Arne verknallt hätte. Der war nicht zimperlich, wenn er eine Beziehung beenden wollte.

15.

„Wo hast'n deine Lady gelassen?" Lucky provozierte ihn wieder einmal. „War sie nur geborgt?"

David antwortete gar nicht darauf. Er war mit dem Motorrad gekommen, auf das die anderen ganz scharf waren. „Fährst du mal 'ne Runde mit mir?", bettelte Jenny. Aber David schüttelte nur den Kopf. „Was gibt's, Lucky? Ich hatte letzte Nacht die Schicht an der Tankstelle und bin müde. Also?"

„Davywolf ist müde!", höhnte Lucky. „Was rackerst du dich denn auch ab? Ich kann dir einen anderen Job bieten. Da verdienst du in einer Nacht mehr als jetzt im ganzen Monat."

Davywolf! So hatte ihn nur Cora genannt. Und später auch Stan. Woher wusste Lucky das? Hatte er ihm hinterherspioniert? Bevor er richtig darüber nachdenken konnte, gab Lucky selbst die Antwort.

„Ich kenne einen aus Berlin, der weiß genau, womit du da dein Geld verdient hast. Hast ja wohl schon dort auf Luxus-Tussis gestanden. Tja, die kosten halt ..." Vorsichtshalber wich Lucky ein Stück zurück, als er das gesagt hatte. Die anderen hielten fast den Atem an. Sie sahen genau, wie sich Davids Augen verengten und er auf Lucky zuging. Sekunden später hatte David ihn gepackt. Lucky lag schneller auf dem asphaltierten Boden des stillgelegten Fabrikgeländes, als die anderen denken konnten. Jenny schrie hysterisch auf. „Er schlägt ihn tot!"

David spürte die Wut in sich, die ihn früher zu solchen Brutalitäten gebracht hatte. In Berlin hatte er das nicht nötig gehabt.

David setzte seinen Fuß auf den Liegenden, der versuchte sich aufzurappeln. „Woher hast du deine Weisheiten?"

„Von einem, der nach dir gefragt hat. Ich hab ihm aber nicht deine Adresse gegeben. Der hat mich auf die Idee gebracht." Lucky konnte nur stoßweise reden. Der Schlag hatte ihm die Luft genommen. Er hatte schon vergessen gehabt, wie hart David zuschlagen konnte. David beruhigte sich langsam. Es hatte keinen Zweck, sich herumzuprügeln. Aber es war auch wirklich höchste Zeit, den anderen mal zu zeigen, wer hier der Boss war. Er ließ Lucky aufstehen.

Diesmal waren fast alle von der Gang zusammengekommen. Lucky hatte wohl vorgehabt, sich als Anführer der Wölfe einzuführen und David auszuschalten. Aber das war missglückt. Jetzt stand er wie ein Angeklagter vor David und gab Auskunft. „Der aus Berlin wollte mit dir reden", sagte er. „Ich hab ihm nur geraten, heute hierher zu kommen. Keine Adresse, nichts. Er wollte kommen. Hat mir gesagt, dass wir viel Geld machen können. In einer Nacht."

David ahnte, dass Lucky von Stan sprach, seinem ehemaligen Arbeitskollegen aus der Berliner Werkstatt, der beste Beziehungen nach Polen hatte. Das „Autogeschäft" brachte jede Menge Geld. Wollte Stan jetzt auch in Frankfurt so was aufziehen? Wie David seine Wölfe kannte, waren sie alle nicht zimperlich, wenn es darum ging, auf leichte Art Geld zu machen. Und Autos klauen, mit ihnen durch die Gegend zu jagen, bis der Tank leer war, das hatten die meisten schon gemacht. Zumindest waren sie mitgefahren oder hatten Schmiere gestanden. Bevor David seine Gedanken zu Ende bringen konnte, fuhr ein dunkles Cabriolet auf das Fabrikgelände. Ohne hinzusehen, wusste David, wer ausstieg.

„He!" Stan tat, als hätten sie sich gestern erst gesehen. „Hast tatsächlich gute Leute hier. Ich dachte immer, du bist ein Angeber. Beachtenswert."

„Bist du deshalb hergekommen? Kannst also gleich wieder die Fliege machen. Bin auch nicht an deinen Geschäften interessiert."

„Lass ihn doch erst mal erzählen ..." Die anderen waren neugierig genug, denn Lucky hatte nichts Genaues gesagt, ihnen nur eine Menge Kies versprochen, wenn sie mit dem Berliner ins Geschäft kämen.

In Davids Kopf drehte sich alles. Er hatte aufhören wollen, nicht so weit hineingeraten, dass seine Zukunftspläne in Gefahr gerieten. Deshalb war er aus Berlin abgehauen. Er hatte ein neues Leben anfangen wollen. Aber das Vergangene schien ihn einzuholen.

„Wenn Stan mit jemandem redet, dann mit mir", sagte er. „Euch zieht der doch ohne mit der Wimper zu zucken über den Tisch. Und du, Stan, halt dich auch dran. Hier bestimme ich, was läuft."

Stan ließ sich tatsächlich darauf ein. „Na gut. In einer Stunde in der Kneipe neben dem *Falter*. Ich warte. Sei pünktlich."

16.

David machte mit den anderen ein Treffen für den nächsten Tag aus. Die waren misstrauisch. „Willst das Geschäft wohl allein machen, was?"

„Geht gar nicht allein", sagte David und tat cool, obwohl ihm gar nicht danach war. „Ist 'ne Autosache. Mehr braucht ihr jetzt nicht zu wissen. Mit Stan muss ich erst einiges klären. Das ist ein ziemlich ausgekochter Hund."

„Aber wir sind dabei!" Lord ließ sich nicht abwimmeln. „Der Berliner hat gesagt, da ist für jeden von uns Kohle drin."

„Abwarten. Ich rede erst mal Klartext mit dem."

David fuhr los, obwohl es noch viel zu früh für das Treffen mit Stan war. Er wollte nachdenken, was zu tun sei. Wer hätte gedacht, dass ihn Stan hier auskundschaftete. Es sollte Schluss sein mit diesen Autogeschäften. Klar, damit war eine Menge Geld auf leichte Art zu verdienen. Aber es war auch gefährlich, und man musste sich hundertprozentig auf die verlassen können, die mit dabei waren. Und konnte er das tatsächlich?

Irgendwie verlief nicht alles so, wie er wollte, als er in Berlin seinen Schlussstrich gezogen hatte. Auf der Rückreise von Berlin nach Frankfurt war ein romantischer Traum in ihm gewachsen. „Ich will für Mutter und die Kleine sorgen. Ich werde arbeiten, ehrlich arbeiten, damit nichts schief geht. Meine Mutter soll nicht mehr auf dem Sozialamt betteln müssen. Das ist vorbei. Und einen Mann braucht sie nicht, ich werde sie beschützen." Bisher hatte er es noch nicht geschafft. Sein Job an der Tankstelle brachte nicht genug ein, trotz der Trinkgelder. Und mit seinen Bewerbungen hatte er auch noch kein Glück gehabt, weil er keine abgeschlossene Lehre vorweisen konnte. Das hatten sie ihm auch auf dem Arbeitsamt gesagt. Trotzdem hielt er verbissen an seinem Traum vom Beschützer und Ernährer der Familie fest. „Ich schaffe das schon", dachte er immer wieder. „Irgendwie schaffe ich das."

Aber es war anders gekommen. Schon in den ersten zwei Stunden, die er wieder in der Stadt war, war ihm Ruppi über den Weg gelaufen. „Mann, du bist wieder da! Das muss gefeiert werden. Lucky kriegt 'n Schlag, wenn er dich sieht. Der dachte schon, er könnte ewig der Boss unserer Gang sein ..."

Ein Wort hatte das andere gegeben. David ließ sich zu einer Wiedersehensfeier in der Disco überreden. „Meine verfluchte Eitelkeit!", dachte er. Von dem Geld, das Stan ihm für den letzten Autodeal gegeben hatte, hatte er sich die teuren Lederklamotten gekauft und die Maschine angezahlt. Die Raten überwies er pünktlich. Aber wenn er nicht bald einen richtigen Job fand, würde er das Motorrad wieder verkaufen müssen. Wenn das mit Stan wieder losging, dann konnte leicht was passieren, was überhaupt nicht in seine Pläne passte.

Auch Jasmin passte nicht hinein. Er hatte nicht damit gerechnet, sich so schnell zu verlieben. In Berlin hatte er nur hier und da einige Affären gehabt und sich nach der Sache mit Cora geschworen: nie wieder verlieben! Zurück in Frankfurt war er noch zu beschäftigt mit neuen Plänen für die Zukunft, in denen weder riskante Trick- noch Autodiebstähle vorkamen. Mal ein Auto ausborgen, na ja. Aber das war eher deswegen gewesen, um Jasmins Reaktion zu testen. Den Test hatte sie bestanden. „Aber ich bin in der Falle. Ich müsste sie schnellstens loswerden, sodass sie nichts mehr mit mir zu tun haben will. Ich kann jetzt wirklich keine Beziehung gebrauchen. Was ist, wenn Jasmin durchdreht? Die steckt doch sowieso daheim in einer Krise.

Und meine Misere? Mutter sucht sich plötzlich Arbeit und nimmt mir einfach meine Verantwortung als Ernährer unserer Familie ab. Sind denn alle plötzlich durchgeknallt? Oder hab ich mir da nur etwas vorgemacht, um ein Ziel zu haben, eine Welt, in der ich eine Rolle habe?"

Unter diesen Gedanken war die Stunde fast um. David war ein paar Runden gefahren, um mit sich ins Reine zu kommen, aber das hatte nicht funktioniert. Er war verunsichert und kaum in der Lage einzuschätzen, was richtig war. Ihm blieb gar nichts anderes übrig, als die Entscheidung zu treffen, die jeder in seiner Gang von ihm erwartete. Es sei denn, er ...

Diese Überlegungen führte David gar nicht weiter aus, als er sein Motorrad in der Nähe der Kneipe parkte. Woher wusste Stan, dass dies die Stammkneipe der Gang war? Lucky hatte wohl doch viel mehr gequatscht, als er zugeben wollte. Also Vorsicht, Davywolf.

Stan saß schon beim dritten Bier. David sah die Striche auf dem Bierdeckel. „Auch eins?"

David nickte. Er zog den Reißverschluss seiner Lederjacke auf und legte den Motorradhelm auf den Stuhl neben sich. „Also? Ich höre."

„He! Sei nicht so zickig. So was geht man in Ruhe an."

David spürte, wie die Wut in ihm hochstieg. Aber er beherrschte sich. Stan wartete, bis die Bedienung neues Bier hinstellte.

„Also, ich dachte, das Geschäft lässt du deinem alten Kumpel Davywolf zukommen. Wir brauchen hier eine Filiale."

David lachte, aber es klang heiser. „Du meinst, wir sollen hier die Autos beschaffen, die ihr dann von Berlin aus über die Grenze schafft. Wer hatte denn die Idee? Du doch nicht. Jannosch?" Darauf erhielt er keine Antwort.

„Eine Werkstatt haben wir schon. Papiere sind kein Problem. Nummernschilder ..."

Stan erzählte nichts Neues. Die ganze Prozedur kannte David schon. Neu war nur, dass er von Frankfurt aus die Autos besorgen sollte. „Du bist der beste Mann dafür", schmeichelte Stan. „Und durch deinen Tankstellenjob im Westend weißt du, wo die wohnen und arbeiten, die nicht nur eine Hutschachtel fahren. Eins oder zwei im Monat, da braucht ihr euch nicht zu überarbeiten."

„Und? Was springt dabei raus?"

Stan lachte. „Wusste doch, dass ich mit dir rechnen kann. Bezahlung so wie gehabt. Wie du das mit deiner Gang aufteilst, ist deine Sache. Du bist ja der Boss!"

„Ich überleg's mir. Für wen arbeitest du? Immer noch für Jannosch?"

Stan nickte. „Aber wir haben vergrößert. Und wenn du nicht einsteigst, warten zehn andere. Kannst du das vor deinen Leuten verantworten? Lucky würde sofort ..."

„Lass den aus dem Spiel!" David merkte nicht einmal, dass er die Hand zur Faust ballte. Stan hatte ihn an einer empfindlichen Stelle getroffen. Der merkte die Wirkung und lächelte ironisch. „Morgen brauche ich eine Antwort. Bin um diese Zeit wieder hier. Und diesmal geht es um teure Schlitten, um neuwertige. Also keine alten Karren. Nach Berlin bringst du die selbst. Jannosch will nur mit wenigen Leuten zu tun haben. Sein Name wird den anderen nicht genannt, ist das klar?"

Stan sprach, als hätte David schon zugesagt. „Werd's mir überlegen. Hatte andere Pläne."

Er stand auf, aber Stan hielt ihn am Handgelenk fest. „Jannosch rechnet fest mit dir. Er weiß auch etliches, was deine Pläne durchkreuzen könnte. Das wollte ich dir nur noch sagen, Davywolf."

„Sag Jannosch, dass ich keine Angst davor habe. Ich kann mich gut wehren. Und ich weiß auch einiges."

Ohne sich umzudrehen, verließ David die Kneipe. Zum zweiten Mal an diesem Abend stieg in ihm jene Wut hoch, in der er im Stande gewesen wäre, jemanden krankenhausreif zu schlagen.

17.

Die Unsicherheit wuchs mit jedem Tag. David meldete sich nicht. Vormittags rief er bestimmt nicht an, weil er wusste, dass sie da in der Schule war. Und nachmittags traute sich Jasmin kaum aus dem Haus, damit sie nicht seinen Anruf verpasste. Elena war schon total sauer. „Du hast kaum noch Zeit für mich. Und dabei sitzt du nur zu Hause rum. Was ist los?"

„Komm zu mir, dann erzähle ich dir, was passiert ist."

Elena versprach zu kommen. Sie war neugierig, was Jasmin abhielt, wie früher mir ihr zu lernen, durch die Stadt zu bummeln, ins Kino zu gehen oder in ein Café. „Da steckt ein Kerl dahinter, darauf wette ich meine beste CD."

Elena brauchte sie nicht zu verwetten, denn Jasmin nickte bestätigend. „Es ist David."

Nachmittags stellte sich Elena auch prompt ein. „Also, erzähl mir was von deinem umwerfenden David. Das ist doch der …"

„Ja. Der ist es."

Jasmin war froh, endlich mit jemandem über alles reden

zu können. Vom Diebstahl im Kaufhaus und von der Fahrt im Auto, das David unrechtmäßig „entliehen" hatte, sagte sie allerdings nichts. Aber von David schwärmte sie so, dass Elena schon abwinkte. „Ist anfangs immer so. Lässt nach, wenn es länger dauert. Warum verliebe ich mich denn so gerne immer wieder neu? Ist ein geiles Gefühl."

Jasmin fühlte sich auch von Elena nicht verstanden. Die nahm das alles nicht ernst. Aber es war gut, wenigstens mit ihr darüber sprechen zu können. Sie wusste, Elena würde zu anderen nicht darüber reden. Das war eine Abmachung, seit sie befreundet waren.

„Und jetzt? Warum ruft er nicht an? Warum verabredet er sich nicht mit dir? Ruf du ihn an!"

„Das kann ich nicht."

Aber warum eigentlich nicht? Die Telefonnummer hatte sie längst aus dem Telefonbuch abgeschrieben. Sie kannte sie schon auswendig, so oft hatte sie in Gedanken die Nummer wiederholt. „Ich mach's. Heute Abend."

„Warum denn nicht gleich? Mach Nägel mit Köpfen, dann brauchst du nicht dauernd zu warten und rumzugrübeln."

„Er ist doch jetzt bestimmt in der Tankstelle."

In diesem Augenblick klopfte Pamela. „Telefon für dich."

Wie elektrisiert sprang Jasmin auf. Sie wäre beinahe die Treppen hinuntergestolpert, konnte sich gerade noch am Geländer festhalten. „Hallo? Ich bin's, Jasmin."

Enttäuscht hörte sie die Stimme ihrer Großmutter. „Kindchen, ist denn bei euch überhaupt niemand mehr zu Hause? Nur dieses Au-pair-Mädchen?"

„Papa und Arne sind in der Firma. Wo Mama ist, weiß ich nicht, vielleicht beim Frisör oder zur Massage. Keine Ahnung."

„Sag Mama, dass ich den Besuch, den ich neulich absagen

musste, zum Wochenende nachhole. Freust du dich, dass ich komme, Kindchen?"

Jasmin schluckte. „Und wie, Oma." – „Das hat mir gerade noch gefehlt", dachte sie. „Was ist, wenn David mit mir zusammen sein will? Was mache ich dann?"

„Wann kommst du? Schon am Sonnabend?"

„Am Sonnabend. Deine Mutter soll mich am Bahnhof abholen. Ich komme um vierzehn Uhr elf mit dem ICE an."

„Ich werde es Mama sagen."

„Und mit Arne möchte ich auch reden. Sag ihm, dass er zu Hause sein soll."

„Mach ich. Tschüss Oma." Jasmin legte schnell den Hörer auf. Na dann, Mama würde die Hände über dem Kopf zusammenschlagen und Immchen und Pamela auf Trab bringen, damit Oma kein Stäubchen zu beanstanden hatte.

Sie ging wieder in ihr Zimmer zurück. Elena hatte es sich inzwischen auf ihrem Bett bequem gemacht. Jasmin setzte sich neben sie.

„Und? War's dein Traummann?"

„Nee, meine Oma. Wochenendbesuch."

Am Abend rief Jasmin David an. Sie war im Arbeitszimmer ihres Vaters, der nicht zu Hause war. Niemand sollte etwas mitbekommen, falls David am Apparat war. Aber es war seine Mutter, die den Hörer abnahm.

„Ist David zu Hause?"

„Nein. Soll ich ihm etwas ausrichten? Wer sind Sie?"

Jasmin schluckte, bevor sie antwortete. „Sagen Sie ihm bitte, dass ich angerufen habe. Ich bin Jasmin."

Jasmin war enttäuscht. Sie hatte damit gerechnet, dass David ans Telefon kommen würde. Wo steckte er nur? Und warum rief er nicht an? Das Warten zermürbte sie.

18.

Nach dem Gespräch mir Stan fuhr David nach Hause. „Es hat jemand für dich angerufen. Eine Jasmin. Ist das deine neue Freundin?"

„Weiß ich noch nicht, Mutter. Darüber muss ich noch nachdenken."

Karla Wolf fragte nicht weiter. Sie hatte selbst genug, worüber sie sich noch nicht klar war. Den Job im Supermarkt hatte sie schon angetreten. Aber mit dem Platz im Kindergarten hatte es noch nicht geklappt. Sie brachte deshalb Silke vorübergehend zu ihrer Mutter und holte sie abends wieder ab. Das war zeitaufwändig, und sie war nach der Arbeit fix und fertig. Trotzdem war sie froh, dass sie wieder selbst Geld verdienen konnte. David sah ihr die Müdigkeit an. „Du hättest die Arbeit nicht annehmen sollen", meinte er. „Ich finde sicher bald einen Job."

Karla Wolf setzte sich zu ihm. „Ich werde vielleicht später sogar an der Kasse eingesetzt. Das hat der Marktleiter, Herr Scherer, gesagt. Der ist sehr nett."

David hörte ein bisschen Sympathie heraus. Das gefiel ihm gar nicht. Es passte nicht in seine Träume vom Ernährer und Beschützer der Familie. „Anfangs sind sie immer alle nett", sagte er nur. „Und sie versprechen das Blaue vom Himmel herunter."

Seine Mutter spürte den Widerstand. „Aber ich muss mich jetzt nicht mehr auf dem Sozialamt demütigen lassen. Das hat mich immer ganz kaputtgemacht. Ich habe die Nacht vorher, wenn ich dort hingehen musste, kaum schlafen können."

„Ist ja schon in Ordnung", lenkte David ein. Er wollte keine weitere Diskussion darüber. Er wusste aus eigener

Erfahrung, wie sehr die Bürokratie einen Menschen demoralisieren konnte. Das durfte seiner Mutter nie wieder passieren. In dem Moment hasste er seinen Vater mehr denn je. Durch ihn war alles so geworden. Aber er, David, würde das ändern. Schnellstens.

Wenn er bisher Stans Ansinnen gegenüber ablehnend gewesen war, schwankte er nun. Er ging in sein Zimmer und träumte mit offenen Augen seinen Traum: Mutter und Silke sollten ein schönes Zuhause haben, möglichst ein Häuschen im Grünen, irgendwo, wo niemand wusste, wie sie vorher gelebt hatten und wie mit ihnen umgesprungen worden war. Wenn sein Vater aus dem Knast entlassen wurde, mussten alle Spuren verwischt sein. Er durfte keinesfalls wissen, wo sie dann lebten. Und Mutter sollte sich nicht mehr abplagen müssen. Er, David, würde dafür sorgen, dass sie an nichts Mangel hatten. In seinem Wachtraum, den er jeden Abend vor dem Einschlafen vervollkommnete, kam jetzt sogar Jasmin vor. Die würde sich bestimmt mit seiner Mutter prächtig verstehen. Niemand würde sie mehr gängeln wie jetzt. In zwei Jahren war sie volljährig, da konnte sie gehen, wohin sie wollte.

David merkte gar nicht, dass seine Fantasie ihm immer Schöneres vorgaukelte. Er konnte sich das Haus, in dem sie wohnen würden, genau vorstellen. Ein anderer Mann als er kam in seinem Traum von später nicht vor.

Aber dazu brauchte er Geld. Viel Geld. Das war mit seinem Job an der Tankstelle nicht zu schaffen. Seine Lehre hatte er nicht beendet, also keinen Beruf. Aber er wusste, wie Geld zu verdienen war, wenn man das Risiko nicht scheute. Und seine Gang war ganz scharf darauf, ebenfalls zu Geld zu kommen. „Wenn ich es nicht mache, dann macht Lucky das Geschäft", dachte er. „Ich bin dann ein für alle Mal draußen und kann höchstens bei der Müllabfuhr landen. Der Tankstellenjob bringt zu wenig ein. Damit kann ich kaum die Raten für das Motorrad abzahlen und Mutter Kostgeld geben." Man müsste so leben können wie Jasmins Familie. Das wäre was. Da würden einen die anderen nicht mehr von oben herab ansehen. Und Frau Immich dürfte sich nicht erlauben, ihm zu sagen, er solle die Finger von Jasmin lassen, weil das ein anständiges Mädchen wäre. Was bildete sich die Nachbarin eigentlich ein? Dachte sie, sie könne ihm den Umgang mit Jasmin verbieten, nur weil sie ihn als kleinen Jungen oft zu sich hereingeholt hatte, wenn sein Vater ihn wieder mal im kalten Treppenhaus sitzen gelassen hatte? Die Zeiten waren vorbei! Ihm durfte man so etwas nicht sagen. Nie mehr! David merkte, wie wieder die Wut in ihm hochstieg. Er grub seine Hände in das Kopfkissen, bis sie schmerzten.

Aber sein Entschluss war jetzt gefasst. „Noch einmal für eine bestimmte Zeit werde ich mir auf diese Weise Geld verschaffen. Viel Geld. Sehr viel. Wer weiß, wie andere Leute reich geworden sind. Die leben jetzt in ihren Villen, haben ein Büro und schicke Autos. Die fragt kein Mensch, woher sie ihren Reichtum haben." Ihm fiel ein Satz ein, den Cora einmal im Scherz gesagt hatte: „David, die erste Million ist am schwersten verdient. Danach läuft alles wie von selbst. Du wirst sehen, Geld geht zu Geld." Eine Weile träumte David von einer Villa am Mittelmeer, die er mit seiner Mutter, Silke und Jasmin bewohnen würde. Silke würde nicht mehr von ihrem Husten geplagt werden. Und mit Jasmin konnte er dann im Meer schwimmen, so oft er wollte. Seine Mutter würde sich mit Jasmin bestimmt gut verstehen. Dann dachte er plötzlich ernüchtert: „Nein! Nicht träumen, handeln! Und sich nicht was vormachen." Eiskalt musste man sein und kein Mitleid kennen.

David machte in dieser Nacht Pläne. Seine Gang wartete

doch nur darauf, dass er mit ihnen einen Coup machte, wo sie nicht nur Spaß und ihren Kick hatten, sondern auch Geld in die Hände bekamen. Lucky sollte sich noch wundern. Und Stan musste er nach der Anlaufzeit ausschalten. Er wollte direkt mit Jannosch ins Geschäft kommen. Wozu einen, der sich die Hälfte des Geldes unter den Nagel riss? Er, David, wusste genau, wo die teuren Schlitten geparkt waren, tagsüber und auch nachts. Eine Garage aufzubrechen war doch kein Hindernis für ihn. Jannosch sollte staunen, was er anbrachte. Sein Führerschein war unterdessen echt. Also gab es dadurch kein Risiko. Damit konnte er sogar bis nach Polen fahren. Für die Wagenpapiere und Nummernschilder musste Jannosch sorgen. Aber sonst war das ein Klacks. Und dann würden die Tausender rüberrollen. Gewissensbisse hatte David nicht. Ob er sein Geld mit geklauten Autos verdiente oder durch Steuerbetrügereien, was war da für ein Unterschied? Und die, denen er ihr teures Stück entführte, waren ohnehin gut versichert. Das tat ihnen nicht weh, war höchstens ärgerlich. David ging in seiner Planung sogar so weit, dass er überlegte, wo er sein Geld verstecken konnte. Wie machten es denn die Reichen, wenn sie zu viel Schwarzgeld hatten? Nach Luxemburg, in die Schweiz? Aber da musste man schon sehr viel davon haben. Er wollte keinesfalls auffallen. Alles musste so weitergehen wie bisher. War vielleicht ganz gut, wenn Mutter jetzt einen Job hatte und er auch. Das sah seriös aus.

Viel Zeit blieb ihm sowieso nicht. Bevor sein Alter aus dem Knast kam, wollte er von der Bildfläche verschwunden sein. Irgendwohin, wo es schön war. Vielleicht nach Frankreich. Oder in die USA? Ob man sie da einwandern ließ? Mit viel Geld ließe sich das sicher machen. So weit reichte der Arm eines Knackis wie Herbert Wolf nicht. Sicherheit war oberstes Gebot, wenn alles funktionieren sollte.

Und dann? Irgendwas wollte er auch machen, damit das Geld nicht alle wurde. Was Seriöses. Aber er hatte nichts gelernt, womit man auf anständige Weise viel Geld verdienen konnte.

Anständig. Bei diesem Gedanken fiel ihm Jasmin wieder ein. Sie hatte die Chance, etwas zu lernen, einen Beruf mit Zukunft. Vielleicht blieb sie bei ihm. Er konnte sich gut vorstellen, auch später mit ihr zusammen zu sein. Sie musste nur jetzt zu ihm halten. „Ich muss mit ihr reden", dachte er, „testen muss ich auch, ob ich ihr vertrauen kann. Aber ich ziehe sie da in etwas hinein, das ihr vielleicht später einmal Leid tun könnte. Ich gehe da auf volles Risiko."

Am liebsten hätte David seinen Plan detailliert aufgeschrieben, um etwas in der Hand zu haben, an das er sich halten konnte. Das schien ihm jedoch zu gefährlich.

Als es morgens hell wurde, hatte David noch keine Minute geschlafen. Trotzdem war er hellwach. Er hatte den Plan, wie er seinen Traum Wirklichkeit werden lassen konnte, fest im Kopf. Da durfte er sich nicht auf Zufälle verlassen oder gar ein Risiko eingehen. Und schon gar nicht durfte er sich von Lucky oder anderen seiner Gang in die Karten schauen lassen. Ich werde mit Jannosch selbst reden, nahm er sich vor. Jeder Mitwisser ist einer zu viel.

19.

Beim zweiten Anruf war David selbst am Telefon. „Warum lässt du nichts von dir hören?", fragte Jasmin. Sie musste sich zusammenreißen, damit er nicht spürte, wie locker ihr die Tränen saßen.

„Ich hatte zu viel um die Ohren", sagte er. „Aber ich wollte mir auch erst darüber klar werden, ob es mir wirklich ernst ist."

„Und?" Jasmin konnte nicht mehr unterdrücken, dass sie heulte.

„Bist du dir klar geworden?"

Es blieb Sekunden still, bevor die Antwort kam. „Ja, mir ist es ernst. Ich will dich. Nur dich."

Jetzt wusste Jasmin nicht gleich, was sie sagen sollte. „Wann sehen wir uns?", fragte sie schließlich.

„Am Wochenende?"

Jasmin erschrak. Am Wochenende kam ihre Oma zu Besuch. Eine Katastrophe, wenn sie da nicht daheim wäre. Sie erklärte David das Problem. „Bist du jetzt sauer?"

„Nein. Ich hätte dich sowieso auf dem Motorrad bis Berlin mitgenommen. Und ob du das schon gepackt hättest? Ich denke, da müssen wir noch üben ..."

„Was machst du denn in Berlin?" Jasmin war erleichtert.

„Hab mit einem alten Kumpel was zu besprechen. Und am Montag schieb ich 'ne Doppelschicht in der Tankstelle. Treffen wir uns halt am Dienstag."

Als Jasmin den Hörer auflegte, war sie glücklich. Die Ängste der letzten Tage waren vergessen. Dienstag, das war in fünf Tagen. Dazwischen lag das Wochenende, an dem sie brav in Familie machen würde. „Wenn David sauer reagiert hätte, wäre ich trotz Omas Besuch zu ihm gegangen", dachte sie.

Ihre Mutter scheuchte Immchen und Pamela durchs Haus, damit alles blitzblank war. Immchen kannte die Hektik vor solchen Besuchen. Pamela aber stöhnte. „Ich habe schon Muskelkatzen. Überall."

Über diese Bemerkung lachte Jasmin. Wie Pamela manchmal etwas ausdrückte, war oft komisch. Aber diesmal klärte sie die Engländerin nicht auf. Ja, warum nicht Muskelkatzen?

Sie machte sich in ihrem Zimmer auch ans Aufräumen, nahm es aber nicht zu genau.

Warum hatten nur alle solchen Respekt vor ihrer Großmutter? Als ihre Mutter den Kopf ins Zimmer steckte, sagte Jasmin: „Komm rein, Mama. Ich wollte sowieso mit dir reden."

„Jetzt? Ich habe alle Hände voll zu tun, Jasmin. Und Probleme habe ich selbst genug, also spare dir deine bis Montag auf, wenn wir wieder allein sind."

Jasmin gab nicht auf. „Es geht nicht nur um mich. Auch um dich geht es, Mama. Und ich will mit dir reden, bevor Oma kommt. Nachher wird wieder alles unter den Teppich gekehrt."

Jetzt kam Jasmins Mutter doch ins Zimmer. „Mach die Tür zu, Mama."

„Also, was ist?"

„Setz dich, es wird vielleicht länger dauern. Also: Was antworte ich, wenn Oma mich direkt fragt, ob du fremd gehst?"

„Jasmin! Was erlaubst du dir?"

„Stimmt es etwa nicht? Aber darum geht's nicht nur. Ich finde, wir sollten miteinander reden. Jeder läuft mit seinen Problemen rum und schweigt."

„Hast du auch welche, Jasmin?"

„Im Moment weniger. Ich versuche nur, euch begreiflich zu machen, dass ich nicht mehr zehn bin. Aber du lenkst ab, Mama."

Jasmins Mutter kaute auf ihren Lippen herum. Das tat sie immer, wenn sie unsicher war. Diese Eigenschaft hatte Jasmin von ihrer Mutter geerbt. „Oma wird nach so etwas nicht dich fragen", sagte sie schließlich. „Es stimmt, Papa und ich haben Probleme miteinander. Du hast das natürlich gemerkt. Und Arne auch. Das muss aber doch nicht vor Omas Besuch geklärt werden. Bitte, Jasmin, lass mich damit jetzt in Ruhe. Wir reden darüber. Ich verspreche es. Und jetzt sei vernünftig und räume dein Zimmer ordentlich auf."

Jasmin dachte: „Immer aufschieben, nie etwas klären. Natürlich wird wieder an die brav funktionierende Tochter appelliert."

„Ich räume nicht extra wegen Oma auf", sagte sie trotzig. „Warum soll ich ihr was vorspielen? Es genügt, wenn sie euer Theater glaubt."

„Wie du meinst." Verärgert verließ Jasmins Mutter das Zimmer. Sie strafte Jasmin auch mit einem vernichtenden Blick, als sie am Samstag zum Empfang der Großmutter in einem ultrakurzen Minirock zum Kaffeetrinken erschien. „Entschuldige diesen Aufzug, Mutter", sagte sie. „Jasmin ist im Moment in einem sehr schwierigen Alter."

„Hallo, Oma." Jasmin gab ihrer Großmutter einen flüchtigen Kuss auf die Wange. Dann setzte sie sich auf den einzigen leeren Stuhl. Ihr Vater und Arne waren korrekt gekleidet. Ihre Mutter natürlich auch. Arne konnte seine Schadenfreude über die Reaktion seiner Mutter kaum verbergen, ihr Vater schaute verwundert auf. „Wieso schwieriges Alter?", fragte er. „Sie ist doch erst sechzehn."

„Eben. Aber so etwas merkst du ja nicht, weil du kaum zu Hause bist ..." Jasmins Mutter unterbrach sich, weil Pamela den Kaffee brachte. „Brauchst du heißes Wasser, um den Kaffee zu verdünnen, Mutter?"

Inge Mattausch lachte schallend. „Na so stark war doch dein Kaffee noch nie, Susanne, dass ich ihn verdünnen musste. Und behandelt mich nicht immer wie eine schonungsbedürftige Greisin. Ich fühle mich noch ziemlich fit.

Zu fit für ein Seniorenheim, um gleich dieses Thema anzuschneiden, das ihr mir seit Monaten immer wieder in den prächtigsten Farben schildert. Ich bleibe, wo ich bin. Und mein Haus als teure Immobilie kriegt ihr erst, wenn ich gestorben bin. Ist das klar?"

„So war das doch nicht gemeint, Mutter." Susanne Sperber bekam einen roten Kopf. Auch Jasmins Vater wurde verlegen. „Was du immer gleich denkst."

Inge Mattausch beendete diese Szene. „Ich wollte das nur mal klarstellen, damit ihr nicht immer wie die Katze um den heißen Brei herumreden müsst."

Nach dem Kaffeetrinken verteilte Jasmins Großmutter wie immer Geschenke. „Deins gebe ich dir nachher, Jasmin. Ich komme mit in dein Zimmer."

„Oh Gott", dachte Jasmin. „Hätte ich doch nur aufgeräumt." Aber jetzt war nichts mehr zu machen. Inge Mattausch nahm eine Tragetasche, die nach einem ziemlich teuren Laden aussah und machte sich gleich auf den Weg nach oben. Jasmin blieb nichts anderes übrig, als hinterherzugehen.

In Jasmins Zimmer setzte sich die Großmutter auf den Stuhl vor dem kleinen Schreibtisch. Sie schob die Hefte und Bücher beiseite und stellte die Tragetasche auf den Tisch. „Na, willst du nicht nachsehen, was ich für dich gekauft habe?"

„Wieder einen teuren Fummel, den ich nie anziehen werde", dachte Jasmin. „Aber diesmal werde ich nicht sagen, dass ich mich darüber freue."

Sie war überrascht, als aus der Tasche ein ziemlich freches Minikleid zum Vorschein kam. „Oh!"

„Hoffentlich habe ich diesmal deinen Geschmack getroffen, Jasmin. Die Verkäuferin versicherte mir, dass ihr so was jetzt tragt."

„Ja, super, Oma!" Jasmin hielt sich das Kleid an. „Passt! Aber so was Edles hätte ich mir nicht leisten können."

Inge Mattausch lachte. „Warum hast du mir nicht schon eher gesagt, welche Sachen dir besser gefallen?"

„Die Mama fällt in Ohnmacht, wenn sie das Kleid sieht!"

„Die Mama! Ich möchte mal wissen, warum ihr euch so benehmt, als ob ich euch gängeln möchte. Ihr habt euer Leben, ich meins. Und da lasse ich mir ja auch nicht reinreden."

Jasmin spürte, dass die Großmutter auf das Thema Seniorenwohnheim anspielte. Sie konnte sich auch nur schlecht vorstellen, sie unter lauter alten Leuten zu wissen. „Wieso hat Papa denn gesagt, dass du in eine Heim sollst? Dazu bist du doch noch viel zu aktiv, Oma."

„Eben. Sie sollen nicht damit rechnen, dass ich mich zum alten Eisen zähle. Aber was ist bei euch los? Ich habe immer das Gefühl, mir wird was vorgemacht. Ich kenne doch meine Tochter. Wenn die früher was angestellt hatte, war sie auch immer so verkrampft. Sie will immer alles besonders gut machen, und dann geht's daneben."

„Oma, so hast du noch nie mit mir geredet."

„Mal muss man ja den Anfang machen. Und ich denke, mit dir kann ich am ehesten sprechen. Jetzt bist du auch älter und verständiger. Was ist denn mit deiner Mutter los? Stimmt was nicht mit deinen Eltern?"

Bei Jasmin schrillten plötzlich alle Alarmglocken. War Oma plötzlich ihr gegenüber so zugänglich, um sie auszuhorchen?

„Wieso? Hast du den Eindruck, dass da was nicht stimmt? Ich habe nichts bemerkt", sagte sie so ruhig wie möglich.

„Na, sie werden ihre Probleme ja auch nicht vor euch Kindern austragen. Aber pass mal ein bisschen auf. Auch Arne ist irgendwie verklemmt. Wozu braucht der denn das viele Geld, um das er mich angepumpt hat? Will er von zu Hause ausziehen? Das könnte er deinen Eltern doch sagen. Er ist schließlich alt genug."

„Arne will ausziehen? Kann ich mir nicht vorstellen." Jasmin war verblüfft. Was ging da hinter ihrem Rücken vor? Und wozu brauchte Arne viel Geld?

Sie grübelte noch darüber nach, als die Großmutter längst das Zimmer verlassen hatte und zu den anderen gegangen war.

20.

An diesem Wochenende fuhr David mit dem Motorrad nach Berlin. Er wollte selbst mit Jannosch verhandeln. Einen Mittelsmann, der die Hälfte des Profits einsteckte, brauchte er nicht. Seiner Mutter hatte er nur gesagt, dass er alte Freunde in Berlin besuchen wolle.

„Mach bloß keine Dummheiten. Muss ich mir um dich Sorgen machen, Junge?"

„Musst du nicht, Mutter. Es ist alles in Ordnung. Sonntagabend bin ich wieder zurück. Ich habe am Montag Frühdienst."

„Bringst du mir was Schönes mit?" Silke beobachtete interessiert, wie David in seine lederne Motorradkluft schlüpfte. Sie stülpte sich den schweren Sturzhelm über. „Sehe ich aus wie eine Marsfrau? Ich will mit dir fahren ..."

David half ihr aus dem Helm heraus. „Wenn du groß bist, dann kannst du mit mir auf dem Motorrad fahren."

„Aber im Auto kann ich schon fahren!", behauptete sie. „Onkel Gert hat mich sogar hupen lassen."

„Wer ist Onkel Gert? Steig bloß nicht zu fremden Männern ins Auto ein. Versprich mir das, Silkemaus."

„Onkel Gert ist kein fremder Mann." Silke schob die Unterlippe trotzig vor. „Und Mama ist auch im Auto mitgefahren."

Bevor David etwas erwidern konnte, sagte seine Mutter: „Das ist der Marktleiter. Er wohnt in der Nähe und hat uns ein paar Mal mitgenommen. Er ist sehr nett, wirklich. Du brauchst dir keine Sorgen wegen Silke zu machen."

Darauf erwiderte David nichts. Er dachte: „Da muss ich mir wohl eher Sorgen um dich machen."

Die Gedanken um den Mann, der seiner Mutter nicht unsympathisch zu sein schien, beschäftigten David noch lange auf seiner Fahrt nach Berlin. Schon als seine Mutter ihn das erste Mal erwähnt hatte, war eine Art von Eifersucht in ihm hochgekommen. Er hatte seine Pläne und Träume. Da passte kein anderer Mann hinein. Umso mehr festigte sich in ihm der Gedanke, dass er schnell sehr viel Geld brauchte. Das Angebot aus Berlin war gerade zur rechten Zeit gekommen. Sie mussten fort, weit fort. Und seine Mutter sollte nicht mehr darauf angewiesen sein, selbst Geld zu verdienen. Er würde immer Möglichkeiten finden, dass sie gut leben konnten, Mutter, Silke und er. Und Jasmin – vielleicht.

Moritz, den er als Vater akzeptiert hätte, war tot. Erschlagen von Davids leiblichem Vater, der eine viel zu geringe Strafe dafür verbüßen musste. Die Zeit lief, Herbert Wolf würde bald wieder rauskommen. Bis dahin mussten sie verschwunden sein. Unauffindbar für alle Welt. Warum sollte sich seine Mutter da erst an einen anderen Mann hängen?

In Berlin angekommen, wusste David Jannosch schnell zu finden. Er kannte die Szenetreffs. „Tag, Alter."

„He! Das ging ja schneller, als ich dachte! Stan sagte, ich könnte mit dir und deinen Jungs rechnen."

„Kannst du, wenn du Stan rauslässt. Ich will nur mit dir zu tun haben. Sonst kannst du das alles vergessen."

Jannosch verzog den Mund zu einem breiten Lächeln. „Nichts dagegen, wenn ich gut bedient werde. Ich brauche Superware, keine zweite Wahl. Kannst du das liefern? Mindestens zwei pro Monat."

„Null Problem. Fabrikat?"

Wieder das fiese Lächeln, für das David dem anderen am liebsten die Faust ins Gesicht geschlagen hätte. „Nur vom Feinsten. Muss ich das noch mal sagen? Und ich brauche die Ware schnell."

„Ich liefere pünktlich. Und ich bringe sie selbst."

„Ist mir auch lieber. Je weniger drinhängen, desto geringer das Risiko."

„Ist meine Rede", sagte David. „Also lass Stan raus. Ich brauche ihn nicht. Was ist für mich drin?"

Jannosch nannte eine Summe, über die David nur laut lachte. „Ich bin doch nicht bescheuert. Das Dreifache, sonst läuft nichts."

Sie schacherten noch eine ganze Weile hin und her. Schließlich hatte David erreicht, was er wollte.

„Stan sagte, dass du in einer Tankstelle arbeitest? Hast du genug freie Zeit, um zu liefern? Auffallen darf das aber nicht, sonst ist mir das Risiko zu groß."

„Hast du schon jetzt Schiss? Ich weiß durch den Tankstellenjob haargenau, wo die Autos stehen, die du haben willst. Ich bringe sie zum Umspritzen, neues Nummernschild und so, die Adresse wissen nur du und ich, logo? Ich bringe dir dann den Schlitten nach Berlin und kriege dafür Cash auf die Hand. Nur so läuft das. Klar?"

Jannosch grinste wieder. Ihm schienen die klaren Abmachungen zu gefallen. „Deine Gang hast du im Griff? Ich hab gehört, dass es da einen gibt, der lieber selbst der Boss wäre?"

David spürte das Lauern hinter der Frage. Er gab sich ganz cool, obwohl in ihm der Ärger hochstieg. „Stan glaubt auch alles, was man ihm sagt. Lucky wäre gern der Boss. Ich sage *wäre*. Aber nicht, solange ich dabei bin", sagte er selbstbewusst. „Du kennst mich."

„Okay, dann ist das auch geklärt. Wann kommt die erste Lieferung?"

„Wo kann ich dich erreichen?"

Sie besprachen sachlich den bevorstehenden Deal. „Aber nach Polen fahre ich nicht. Da musst du dir einen von hier nehmen. Und noch was: Ich brauche eine Waffe. Ich will in Frankfurt nicht auffallen, wenn ich mich danach erkundige."

Jannosch nickte. „Ich besorg dir eine."

Zwei Stunden später fuhr David wieder aus Berlin raus. Er wollte sich nicht länger als nötig dort aufhalten und gesehen werden. Je weniger von der Sache wussten, desto besser.

Mit dem Motorrad würde er nicht so schnell wieder nach Berlin fahren und die Rückfahrt sogar mit dem Zug machen müssen. Zeit genug, um nachzudenken, Pläne zu machen für die Zukunft. Pläne, in denen Geld eine ziemlich große Rolle spielen würde. Er hatte mit Jannosch sehr hoch gepokert, damit er sich nicht nachträglich darüber ärgern musste, über den Tisch gezogen worden zu sein. Dieses miese Gefühl hatte er schon ein paar Mal erlebt. Das durfte sich nie wiederholen. Wie hieß es doch immer? Was zu billig ist, taugt nichts! Er wollte sich nie wieder zu billig verkaufen. „Ich bin gut", sagte er sich immer wieder. „Ich bin der Beste!"

Nur nicht anfangen an sich zu zweifeln. Das war der Anfang vom Ende.

Autos zu knacken und zu klauen, darin sah David keine menschliche Tragödie. Diejenigen, die sich solche teuren Schlitten leisten konnten, traf der finanzielle Verlust kaum, höchstens ihre Versicherungen. Und wie viele waren unter ihnen, denen es auch keine Skrupel bereitete, auf welche Weise sie ihr Geld verdienten.

David dachte: „Ich würde nie einem das Auto klauen, der es braucht, um damit täglich zur Arbeit zu fahren. Aber solche Leute benutzen auch keine Nobelkarosse. Vielleicht klaut mir später einmal auch so ein armes Schwein, wie ich es jetzt bin, mein Auto. Da werde ich nachsichtig sein." Nachsichtig konnte man sein, wenn man selbst genug hatte. Manchmal fühlte er sogar Mitleid mit denen, die sich auf illegale Weise Geld beschaffen wollten. Einer Bank taten ein paar zigtausend Mark doch nicht weh. Und einem Multimillionär das erpresste Geld auch nicht. Aber David kannte die Angst, die einen befiel, auch wenn es nur um kleine Diebstähle ging. Angst war Angst.

Jetzt würde sie wiederkommen, die Angst. Er würde nicht schlafen können, bei jedem Klingeln an der Tür zusammenzucken. „Aber ich habe ein Ziel. Mutter und die Kleine sollen ohne Angst und ohne finanzielle Sorgen leben können. Ohne Angst vor Herbert Wolf und ohne Abhängigkeit von einem Supermarktleiter."

Was würde Jasmin zu alldem sagen? Bisher hatte David sie aus seinen Gedanken verdrängt. Aber je näher er nach Hause kam, desto stärker wurde der Wunsch, sie zu sehen, wenigstens mit ihr zu telefonieren.

Er dachte an das teure Sportcabrio, das ihr Bruder Arne fuhr. Nein, daran würde er sich nur im Notfall vergreifen. Aber Jasmin würde ihren Spaß daran haben, wenn das verwöhnte Brüderchen plötzlich ohne Statussymbol dastehen würde.

Als er zu Hause ankam, war es schon zu spät, mit ihr zu telefonieren oder sie zu sehen. So blieb ihm nichts anderes übrig, als von Jasmin zu träumen. „Mit einer Pistole unter dem Kopfkissen", dachte er amüsiert, als er die Waffe unter seiner Lederkluft spürte. Davon durfte seine Mutter nicht mal was ahnen!

Als er die Wohnungstür aufschloss, hörte er im Wohnzimmer eine Männerstimme. Seine Mutter kam in den Flur und dirigierte ihn in die Küche. „Du bist schon da, David. Ich mach dir gleich was zu essen. Du wirst hungrig sein."

David hörte nur das ‚schon da' heraus. Es verletzte ihn tief. „Ich habe schon gegessen", sagte er. „Muss morgen früh raus."

„Na, dann schlaf gut, Junge."

„Das werde ich bestimmt nicht, solange dieser Supermarktmensch da ist", dachte David. Er fühlte sich um seinen Traum gebracht.

21.

Alle im Hause Sperber waren froh, als die Großmutter wieder heimfuhr. Es war anstrengend, sich dauernd zu verstellen. Selbst Jasmin, die diesmal viel besser mit ihr ausgekommen war, wurde das Gefühl nicht los, dass sie ausgehorcht werden sollte. „Ich werde mich hüten, ihr etwas über die Probleme zu erzählen, die Mama und Papa miteinander haben", dachte sie. „Und Arne soll selbst zusehen, wie er das mit seinen Schulden bei ihr wieder auf die

Reihe kriegt. Wozu braucht er eigentlich so viel Geld? Papa bezahlt ihm doch ein anständiges Gehalt." Pamela hatte sich nur sehen lassen, wenn es unbedingt nötig war. Großmutter schien ein untrügliches Gefühl dafür zu haben, wo etwas nicht stimmte. Doch bei Pamela war sie auf dem falschen Dampfer. „Ist Arne an dem Mädchen nicht schon dran?", hatte sie gefragt.

„Nein Oma, die hat er ausnahmsweise noch nicht angegraben."

„Was ist das denn für eine Ausdrucksweise, Jasmin?"

„Sagt man heute so, Oma." Und damit war das Thema vom Tisch. Jasmin war mit sich zufrieden. Aber auch sie war froh, nicht mehr eine Rolle spielen zu müssen, die von ihr erwartet wurde. Nun konnte sie sich wieder auf ihre Angelegenheiten konzentrieren. Sie rief Elena an. „Kann ich zu dir kommen? Oder hast du was anderes vor?"

„Komm rüber, von dir kriege ich zur Zeit wenig zu sehen."

Wenig später war Jasmin auf dem Weg zu ihrer Freundin. Es war nicht weit, deshalb lohnte es sich nicht, das Fahrrad zu nehmen. „Ich esse bei Elena", rief Jasmin ihrer Mutter zu, die mit Pamela in der Küche das Abendessen vorbereitete.

Sie war froh, aus dem Haus zu kommen. Irgendwie schien die Stimmung gedrückt zu sein. Und zwischen Pamela und ihrer Mutter lag sowieso eine Spannung, die sich bald mal entladen würde. Da wollte sie nicht hineingezogen werden.

Kurz vor dem Haus, in dem Elena wohnte, bremste jemand scharf neben ihr. „Hallo, so allein heute?"

Es war Lucky. Sie konnte ihn nicht besonders gut leiden und hatte auch gar keine Lust, sich mit ihm zu unterhalten.

„Soll ich dich ein Stück mitnehmen? Null Problem."

„Bin gleich da. Lohnt sich nicht."
„Ist David denn noch nicht wieder aus Berlin zurück?"
„Sollte er?"

Lucky legte es auf eine Unterhaltung an. Jasmin hoffte, etwas über David von ihm zu erfahren, und ließ sich darauf ein. Lucky stichelte: „Interessiert es dich nicht, was Davywolf macht? In Berlin gibt's so manche, die scharf auf ihn ist."

Das traf bei Jasmin mitten ins Schwarze. „Na und? Kommt darauf an, ob er will. Ihm wird anderes wichtiger sein."

Luckys Blick wurde lauernd. „Hat er dir davon erzählt? Bei dem Deal brauchen wir keine unnötigen Mitwisser."

Deal? Worum ging es eigentlich? Jasmin bekam eine Gänsehaut, wenn sie daran dachte, was da ohne ihr Wissen ablief. Sie musste so schnell wie möglich mit David darüber reden.

„Wer sagt dir, dass ich ein ‚unnötiger Mitwisser' bin?" Sie betonte das Wort, um Lucky zu verunsichern. Auch der Name Davywolf gefiel ihr nicht. Von Lucky ausgesprochen, schien er höhnisch zu sein. Sicher hatte ihn eine von Davids früheren Freundinnen so genannt.

Lucky bemerkte nicht, dass Jasmin von der Autosache nichts wusste. Er war mit seinen Gedanken zu sehr bei dem, was David in Berlin erreicht haben könnte. „Wenn das klappt, dann hab ich auch bald so 'ne Maschine unterm Hintern wie dein David. Und dann soll er mal zeigen, ob er schneller ist als ich. Vielleicht nehm ich dich dann auch mal mit, Kleine."

„Zisch ab." Jasmin ekelte es an, sich mit diesem Typen zu unterhalten. „Ich werde David davon erzählen", dachte sie. „Und dann werde ich ihn fragen, was an den Andeutungen dran ist." Konnte ja sein, Lucky wollte sie nur auf seine Seite ziehen und David ausschalten. „Ich hätte nichts dagegen, wenn David den Kontakt mit denen abbrechen würde", dachte sie. „Dabei kommt nichts Gutes raus." Aber das ging gegen seinen Stolz, würde sein Selbstbewusstsein verletzen. Sie wusste, dass sie ihn nur sehr vorsichtig nach allem fragen konnte. Wenn's um Geld ging, dann waren es doch bestimmt irgendwelche Geschäfte, die nicht legal waren. Warum war David nach Berlin gefahren?

Auch ihr Besuch bei Elena konnte sie nicht von der Angst ablenken, dass David in etwas verwickelt war, wodurch er in Schwierigkeiten kommen könnte. Am liebsten hätte sie ihn angerufen. Aber ob er überhaupt schon zurückgekommen war?

Davywolf – der Name gefiel ihr eigentlich. Aber wer hatte ihn so genannt? Nachträgliche Eifersucht quälte sie. Was wusste sie denn von der Zeit, als er in Berlin gelebt hatte? Fast nichts. Und nun war er hingefahren. Hatte er dort noch eine Freundin? Würde ihre noch so neue Beziehung die Bewährungsprobe bestehen? Wie konnte sie ihn fester an sich binden?

Sie fragte ihre Freundin: „Was hast du unternommen, als du das erste Mal ... ich meine ..."

Elena ahnte, weshalb Jasmin gefragt hatte. „Nimm am besten die Pille", riet sie. „Irgendwann passiert's doch, da musst du vorbereitet sein, verknallt wie du in deinen David bist."

„Meinst du? Brauche ich dafür nicht die Einwilligung meiner Eltern?"

„Kommt auf den Arzt an. Deiner Mutter musst du nicht unbedingt was sagen, die denkt sowieso nicht daran, dass du mit einem wie David ins Bett gehst." Ohne es zu wollen, berührte sie damit wieder Jasmins wunden Punkt.

„Mama würde Zustände bekommen, wüsste sie von mir

und David. Ich muss unbedingt verhindern, dass Immchen ihr was steckt. Und Pamela darf auch nicht quatschen. Das gäbe eine Katastrophe."

Jasmin verabschiedete sich bald wieder von Elena. Sie wollte allein sein, nachdenken können. Als sie zu Hause ankam, spürte sie Hunger. Die anderen hatten längst gegessen. In der Küche brannte Licht. Pamela räumte noch auf. „Hast du was für mich? Hatte bei Elena keinen Appetit."

Pamelas Augen waren vom Heulen gerötet. „War was? Habt ihr euch gestritten, Mama und du?"

Pamela stellte einfach einen Teller mit Wurst und Käse auf den Küchentisch.

„Trinkst du die Milch kalt?"

„Ja, mach dir keine Umstände. Was ist los?"

Das Mädchen setzte sich zu Jasmin. „Deine Mutter will bei der Agentur anrufen und mich zurückschicken. Da bekomme ich doch nie wieder eine Au-pair-Stelle."

„Wegen Papa? Ich werde mit ihr reden. Sie wird nicht anrufen, das verspreche ich dir. Aber geh meinem Vater aus dem Weg. Ist das auch versprochen?"

Pamela nickte. „Er geht doch sowieso für ein paar Wochen weg, nach Chemnitz, hat er gesagt."

„Na also, warum da die Aufregung?" Jasmin aß Wurst und Käse gleich ohne Brot. „Ist sonst noch was?", fragte sie. Und dann in einem plötzlichen Impuls: „Ist vielleicht was passiert? Bist du schwanger? Hat Mama deshalb ..."

„Nein. Nein. Ich krieg kein Baby."

„Nimmst du die Pille?" Pamela wunderte sich etwas über die Frage. „Man kann sich auch anders schützen", sagte sie. „Deine Mutter weiß nichts von uns, aber sie ahnt es. Verrate mich nicht, Jasmin."

„Ich schweige wie ein Grab. Aber du weißt auch nichts

von David und mir. Mama wäre völlig aus dem Häuschen. Auch Immchen müssen wir was vormachen, dass es aus ist oder so. Die kann David nicht leiden." Pamela nickte nur.

„Kriegt man die Pille ohne Rezept?", fragte Jasmin. Aber das wusste Pamela auch nicht.

„Du liebst ihn? Er dich auch?"

Jasmin nickte heftig, obwohl sie sich in diesem Augenblick nicht sicher war.

22.

Immchen brauchten sie nichts vorzumachen, denn am nächsten Morgen kam ein Anruf, dass sie ins Krankenhaus gebracht worden war. Sie war von einem Auto angefahren worden. Wie schwer die inneren Verletzungen waren, konnte noch nicht gesagt werden. Außerdem hatte sie einen komplizierten Beinbruch erlitten.

„Auch das noch!", stöhnte Jasmins Mutter. „Wie soll ich nun mit dem Haushalt klarkommen?"

„Wir haben ja zum Glück Pam", sagte Jasmin. „Die ist doch nicht schlecht im Putzen und Kochen." Sie war gespannt, wie ihre Mutter darauf reagieren würde. Aber die seufzte nur und sagte: „Die ist auch bei anderen Gelegenheiten nicht schlecht. Leider."

„Wie meinst du das, Mama?"

„Ach nichts. Muss sie eben sehen, wie sie mit allem fertig wird. Du kannst ihr ja auch dabei helfen. Und wenn Papa jetzt so oft nicht da ist, gibt's auch nicht so viel zu tun."

„Das wäre geklärt", dachte Jasmin. „Also brauche ich gar nicht wegen Pam mit Mama zu reden. Die kann sie jetzt gar nicht wegschicken." Sie lief gleich zu Pamela, um ihr die Neuigkeiten zuzuflüstern. „Aber unsere Abmachung gilt trotzdem", fügte sie hinzu. „Kein Wort über David."

In der Schule war sie unaufmerksam wie selten. Immer musste sie daran denken, was Lucky gesagt hatte. Freilich, sie kannte die Rivalität der beiden. Aber trotzdem stimmte da etwas nicht. Sie konnte es kaum erwarten, David zu treffen. Der meldete sich eher, als sie gehofft hatte. „Können wir uns heute Abend sehen?"

„Ja. Meine Oma ist wieder weg." Ein Glück, dass David nicht sehen konnte, wie sie zitterte. Sie konnte kaum den Telefonhörer ruhig in der Hand halten.

„Ich hole dich ab. Um sieben warte ich vor eurem Haus."

Jetzt war es erst vier Uhr nachmittags. Jasmin versuchte, sich auf die Hausaufgaben zu konzentrieren. Aber da kam Arne in ihr Zimmer.

„Hat dich Oma nach mir ausgefragt?"

„Gibt es was auszufragen?"

Arne reagierte verlegen. „Ich hab sie angepumpt ..."

Jasmin spottete: „Reicht dein Gehalt nicht mehr? Dann führe deine Freundinnen nicht in so teure Bars aus."

Arne schien tatsächlich Probleme zu haben, denn er reagierte gar nicht darauf. „Ich hab ein paar Schulden gemacht. Die sind fällig. Auf deine Hilfe kann ich ja nicht rechnen."

Nein, das konnte er wirklich nicht, denn es schien sich um einen größeren Betrag zu handeln.

„Sag doch Papa, dass du Vorschuss haben möchtest. Eine größere Autoreparatur oder so was Ähnliches."

Arne war über den Vorschlag verblüfft. „Schwesterlein, du entwickelst Talente. Darüber werde ich nachdenken. Tschüss!"

Jasmin war froh, als er wieder gegangen war. In dieser Familie gab es doch wirklich niemanden, der keine Probleme hatte. Sie schaute immer wieder auf die Uhr. Die Zeit schien stillzustehen. Endlich war es soweit, dass sie David vor dem Haus vorfahren sah. Er reichte ihr den zweiten Sturzhelm. „Und? Wie war die Oma?"

„Es ging. Wie war Berlin?"

„Ging auch. Komm steig auf."

„Ich möchte mit dir reden, David. Das geht nicht, wenn wir fahren. Können wir irgendwohin gehen?"

„In die Eisbar? Oder woran hast du gedacht?" David schaute sie forschend an. „Ist es was Ernstes?"

„Kommt drauf an, wie du es siehst. Fahren wir zum Park und laufen ein Stück", schlug sie vor.

Bis zum Park war es nicht weit. David stellte sein Motorrad ab, dann gingen sie nebeneinander her. Jasmin wusste nicht, wie sie beginnen sollte. Auch David sagte nichts. Schließlich setzten sie sich auf die Bank neben der Birke, die Jasmin später als „ihre Bank" bezeichnete. David zog sie an sich und küsste sie. „Ich habe viel an dich gedacht", sagte er. „Du hast mir gefehlt."

Jasmin spürte, wie die Verkrampfung von ihr abfiel. Sie erzählte ihm von der Begegnung mit Lucky. „Warum warst du in Berlin, David? Lucky deutete etwas von viel Geld an. Wozu braucht er das? Wozu brauchst du viel Geld? Willst du mir nicht erzählen, worum es geht?"

David lachte hart auf. „Die ersten zwei Fragen werde ich dir beantworten. Wenn du wissen willst, worum es geht, ziehe ich dich in was rein, wovon du besser nichts weißt. Also: Lucky zerrinnt das Geld unter den Fingern. Und wenn er noch so viel hat, meistens nicht mit Arbeit verdient, verspielt er es. Die Automaten ziehen ihn unweigerlich an. Bis zur letzten Mark verspielt er alles, und dann macht er Schulden."

Jasmin dachte entsetzt: „Vielleicht verspielt Arne auch das

ganze Geld. Jetzt hat er Schulden und muss sie zurückzahlen." Aber sie konnte sich ihren Bruder nicht vor einem Spielautomaten vorstellen. Vielleicht fuhr er nach Wiesbaden ins Casino?

„Was ist?", fragte David, als sie schwieg, statt sich zu Luckys Spielleidenschaft zu äußern. Sie erzählte ihm von ihrem Verdacht. „Dein Bruder ein Zocker", spottete David. „Schon möglich, bei den echten Spielern ist es egal, ob sie Geld haben oder nicht. Das ist eine Sucht."

Jasmin ließ sich gern von David in den Arm nehmen und küssen. Unterdessen war es dunkel geworden. Die Laternen auf den Parkwegen ließen alles in einem Halbdunkel, das für Liebespaare wie geschaffen war. „Es ist schön mit dir", sagte David. „Ich habe dich vermisst. Und viel an dich gedacht. Selbst bei meinen Träumen für später." Jasmin kuschelte sich noch enger an ihn. „Erzähl mir davon. Brauchst du dafür viel Geld? Hat das was mit Berlin zu tun?"

Die Zeit verging wie im Fluge, aber Jasmin schaute nicht einmal auf die Uhr. David erzählte von seiner Kindheit, von seinem Vater, der den Freund seiner Mutter erschlagen hatte. „Ich muss meine Mutter und Silke in Sicherheit bringen, verstehst du? Unauffindbar für meinen Vater. Der ist im Stande, sie und die Kleine auch noch umzubringen. Und es muss bald sein, deshalb brauche ich mehr Geld, als ich mit meinem Tankstellenjob verdienen kann."

„Ist dein Vater wirklich so gefährlich?" Jasmin lief ein Schauer über den Rücken. Mit so etwas war sie noch nie in Berührung gekommen. Ihr Vater hatte weder Arne noch sie jemals geschlagen.

„Der ist unberechenbar. Und er hasst uns."

„Wie willst du aber so viel Geld verdienen, David? Und dann wirst du fort sein. Was wird dann aus mir?"

David zog sie wieder an sich. Er beruhigte sie. „Du wirst immer wissen, wo ich bin. Wir werden uns sehen, so oft es geht. Mach deine Schule zu Ende, das ist wichtig. Ich war zu blöd, um zu begreifen, dass man es sonst im Leben zu nichts bringt. Und dann – ich kann mir ein Leben ohne dich nicht mehr vorstellen. Du bist so anders als die Mädchen, die ich bisher kennen gelernt habe."

„Anders? Was meinst du damit?"

„Dir kann ich vertrauen." Dann erzählte er ihr noch, was er in Berlin mit Jannosch ausgemacht hatte. „Du musst schließlich wissen, weshalb ich manchmal nicht kommen kann."

Jasmin erschrak zutiefst. „Geht es nicht anders, Davy? Darauf gibt's sicher hohe Strafen. Und ich muss jetzt immer Angst um dich haben."

„Es geht nur so. Aber du kannst sagen: Tschüss, David, das war's. Ich könnte das verstehen, wenn du jetzt nichts mehr mit mir zu tun haben willst. Es soll nur von Anfang an alles klar sein zwischen uns, damit du weißt, was auf dich zukommen könnte."

„Es ist alles klar", sagte Jasmin. „Ich habe dich sehr lieb."

23.

Am nächsten Nachmittag besuchte sie Immchen im Krankenhaus. „Ich mache mir große Sorgen, wie das alles bei euch zu Hause klappt", seufzte Immchen. „Kommt Pam allein zurecht?"

Jasmin beruhigte sie. „Papa ist jetzt viel in Chemnitz, Arne hat alle Hände voll zu tun, und Mama ist ständig mit irgendwas beschäftigt, von dem ich nicht ergründen kann, was sie eigentlich wirklich macht."

„Da bin ich ja direkt überflüssig", meinte Immchen und schien ein bisschen gekränkt zu sein.

„Nein, du bist nicht überflüssig. Wir versuchen nur, uns so wenig Arbeit wie möglich zu machen. Muss ja nicht jeden Tag gekocht werden, ich esse auch mal ganz gerne 'ne Tiefkühlpizza."

Immchen stöhnte, weil sie Schmerzen hatte. „Ich werde wohl noch eine ganze Weile ausfallen. Was da alles in der Zwischenzeit passieren kann! Keine ruhige Minute habe ich, bevor ich nicht wieder bei euch bin, Jasminchen."

„Du kannst auch nichts ändern, Immchen. Und wenn du auf Mama und Papa anspielst, das habe ich im Griff."

Immchen setzte sich auf, und Jasmin half ihr, die Rückenlehne des Bettes steiler zu stellen. „Was weißt denn du schon davon! Pam ist doch in deinen Vater so verliebt, dass sie ihm die Füße küssen würde. Da guckst du Unschuldslamm nicht dahinter."

Plötzlich schien Immchen einzufallen, dass sich Jasmin ja mit David getroffen hatte. „Ist das mit dem aus, Jasmin? Frau Wolf hat mir erzählt, dass du ein paar Mal angerufen und nach David gefragt hast. Sie weiß ja, dass ich bei euch den Haushalt mache. David ist keine gute Gesellschaft für dich. Der Junge scheint mir einiges auf dem Kerbholz zu haben. Seine Mutter hat mir oft ihr Herz ausgeschüttet. Die arme Frau, kein Glück hat die. Erst so einen brutalen Mann und jetzt gerät der Junge auch noch nach dem Vater. Was denkst du, wie oft sich das Jugendamt nach dem erkundigt hat. Und seine Lehre in Berlin hat er auch nicht zu Ende gemacht. War auf einmal wieder hier mit dem teuren Motorrad. Ehrlich hat er das nicht gekauft, das kannst du glauben."

Jasmin wurde das Geschwätz langsam zu viel. „An dem Motorrad zahlt er noch ewig ab", sagte sie ärgerlich. „Und außerdem sucht er sich hier eine Arbeit. Er will sein Geld auf ehrliche Weise verdienen."

„Ach du lieber Gott! Dann ist's wohl doch nicht aus mit dem?"

„Nein, Immchen. Und jetzt will ich nicht mehr darüber reden, das ist meine Sache. Ich bin kein Kind mehr."

Jetzt war Immchen wirklich gekränkt. „Wenn du nicht auf mich hören willst! Wirst schon sehen, wenn du in der Patsche sitzt. Vielleicht kann ich dir dann nicht mehr helfen. Genau wie dem Arne."

Jasmin stellte die mitgebrachten Blumen in eine Vase und holte aus dem Waschraum Wasser. Sie brauchte Zeit, um nachzudenken.

„Was ist mit Arne?", fragte sie beiläufig. Immchen drehte den Kopf auf die andere Seite. An ihren zuckenden Schultern konnte Jasmin sehen, dass sie weinte. „Was ist mit ihm, Immchen?"

Die Frau drehte Jasmin wieder den Kopf zu. Ihre Augen waren voller Tränen. „Wie ein eigenes Kind ist er mir, genau wie du. Und jetzt kann ich ihm nicht helfen. Versprich mir bitte, dass du niemandem davon erzählst, Jasmin."

„Okay. Ich werde niemandem was sagen."

„Ich brauche doch jemanden, der mir sagt, was daraus geworden ist. Hältst du mal die Augen und Ohren offen, Jasminchen?"

Die nickte nur. Da schien sich ja allerhand abzuspielen, wovon sie keine Ahnung hatte. Frau Immich wollte ihre Ängste jetzt schnell loswerden. „Arne hat mich vorige Woche gebeten, ihm dreißigtausend Mark zu leihen. Ich weiß nicht, woher er wusste, wie hoch mein Spargeld ist.

Er hat Schulden, die er zurückzahlen muss. Stell dir bloß vor, die drohen sogar damit, ihn umzubringen. Diese Verbrecher!"

Jasmin lachte, aber ganz wohl war ihr dabei nicht. „Umbringen! Immchen, das kommt in schlechten Krimis vor. Was hat er denn angestellt? Spielschulden?" Sie dachte immer noch, Arne könnte sein Geld verzockt haben. „Die Oma wollte er auch anpumpen", erzählte sie. „Ich weiß nicht, ob die sich darauf eingelassen hat." Immchen schien wirklich nicht zu wissen, warum Arne Schulden gemacht hatte. „Spielschulden, da hätte ja vielleicht dein Vater ihm was borgen können. Aber die, mit denen er zu tun hat, die spaßen nicht und treiben ihr Geld womöglich mit Gewalt ein. Ich hab Angst um Arne. Und um dich auch, Jasminchen."

„Um mich brauchst du keine Angst zu haben. Ich weiß, was ich tue. Und ich kenne David viel besser als alle anderen. Der ist nicht schlecht, Immchen. Was denkst du, wie der sich um seine Mutter sorgt und um die kleine Schwester. Ihr habt alle eine vorgefasste Meinung von ihm. Aber ein Mensch kann sich ändern. Man muss ihm nur eine Chance geben."

„Geb's Gott", seufzte Immchen. „Kommst du mich bald wieder besuchen?"

„Ja, Immchen. Und ich schicke dir auch Pam und Mama. Dass Arne sich hertraut, glaube ich kaum."

Als sie im Lift nach unten fuhr, grübelte sie darüber nach, wofür Arne so viel Geld brauchte. „In unserer Familie hat jeder irgendwie Dreck am Stecken", dachte sie.

24.

Wie immer, wenn es um Wichtiges ging, trafen sich die Wölfe in Ruppis Hinterhauswohnung. Die Mädchen waren diesmal nicht dabei. Lucky hatte sich in einen der verschlissenen Sessel geflegelt und seine langen Beine gekreuzt. Als David das Zimmer betrat, drückte er die Kippe seiner Zigarette auf einem Teller aus.

„Na, was war in Berlin? Warst du überhaupt dort? Stan hat dich jedenfalls nicht gesehen."

David verzog spöttisch die Lippen. „War auch nicht mit Stan verabredet. Sind alle da?" Er schaute sich um. „Wo ist Jumbo?"

„Kommt noch", sagte Lord. „Holt Paulchen ab. Der hat seine Karre zu Schrott gefahren."

David schüttelte ärgerlich den Kopf. „War Polizei dabei?"

„Das kriegen wir schon wieder hin. Ich hab da einen, der macht's billig." Ruppi versuchte zu beschwichtigen. Er wusste, dass sie jetzt keinen Zoff untereinander gebrauchen konnten. Das wusste David auch. Jetzt musste sich einer auf den anderen verlassen können. „Warten wir, bis die beiden da sind."

Es dauerte auch gar nicht lange. Erst kam Jumbo zur Tür herein, dann Paulchen. Unterschiedlicher konnten die beiden kaum sein: Jumbo wirkte wie eine große Eule, deren Gefieder sich aufplusterte, wenn er jemanden in Schutz nahm. Und er schien das Gefühl nicht loszuwerden, Paulchen immer schützen zu müssen.

Paulchen war klein und schmächtig. Die Brille schien nur durch seine Segelohren auf dem Gesicht zu halten. Er war der Einzige aus der Clique, der über einen fahrbaren Untersatz verfügte: einen elf Jahre alten Opel Kadett.

„Er braucht wirklich endlich eine andere Karre", sagte Jumbo, bevor noch irgendjemand gefragt hatte. „Was ist, David, können wir durch den Berliner zu ein paar Scheinchen kommen? Paulchen braucht ..."

David brachte ihn mit einer Handbewegung zum Schweigen. Selbst Lucky verlor offensichtlich seine zur Schau getragene Überlegenheit. Er nahm sogar seine langen Beine von der Sessellehne. Die Spannung war kaum noch auszuhalten. David genoss es, die anderen wieder im Griff zu haben. „Weil sie Geld wittern", dachte er fast verächtlich. „Ich muss mich hundertprozentig auf euch verlassen können, sonst suche ich mir andere Partner", sagte er laut.

Alle versicherten ihm, dass sie hinter ihm stünden. David trieb es auf die Spitze. Das Gefühl, über die andern wieder Macht zu haben, berauschte ihn fast. „Na also", dachte er.

Er kam sich vor wie auf einer Theaterbühne, wo er im dunklen Zuschauerraum hunderte Menschen wusste, aber keinen sehen konnte außer seine Mitspieler. Für den Bruchteil einer Sekunde dachte er: „So müsste mich Jasmin sehen."

Fast in Zeitlupe holte er die Pistole unter der Jacke hervor und legte sie auf den Tisch. Den Teller, auf dem Lucky vorhin seine Kippe ausgedrückt hatte, fegte er mit einer Handbewegung auf den Fußboden. „Überlegt es euch genau. Wer mir auf diese Pistole Gehorsam schwört und den Schwur bricht, bezahlt dafür. Wer will, kann gehen. Ich halte niemanden."

Sie standen alle um den Tisch herum und starrten auf die Waffe. Lord lachte hysterisch auf. „Bist du verrückt geworden? Lohnt das Geschäft den Aufwand überhaupt ...?" David sah ihn nur an. Da schluckte Lord hinunter, was er noch sagen wollte.

„Noch einer?", fragte David. „Das ist kein Spaß."

Paulchen legte als Erster seine Hand auf die Pistole. Sofort deckte Jumbo seine Hand darüber. Zögernd folgten Lord und Ruppi. Lucky streckte seine Hand widerwillig aus, zog sie aber wieder zurück. „Was sollen wir denn überhaupt schwören?"

„Gehorsam mir gegenüber. Und Schweigen. Wer einen von uns verrät, der kann was erleben."

„Und du?" Lucky schaute David nur eine Sekunde lang in die Augen. Dann legte auch er seine rechte Hand auf die der anderen. Die Waffe verschwand darunter. „Ich schwöre auch", sagte David. „Für mich gilt ebenso, was ich von euch verlange."

Einer nach dem anderen sprach den Schwur, den David als Erster vorsagte. Dann nahmen sie die Hand von der Pistole. David steckte sie in seinen Hosenbund, als wäre nichts geschehen. Er spürte aber die Aufregung der anderen.

Bewusst langsam und betont erklärte er, was er mit Jannosch ausgemacht hatte. „Stan wollte seinen Anteil, ohne einen Finger krumm zu machen. Aber ich will, dass jeder von uns daran beteiligt ist. Wenn einer versagt, gehen wir alle hoch. Ist das klar? Ich kundschafte aus, wo die Nobelschlitten parken. Lord ist Spezialist für die Schlösser außen. Das muss genau getimt werden. Wer will kurzschließen?"

Die Rollen wurden verteilt. Jeder wurde einbezogen. „Ich übernehme dann an der alten Fabrik und fahre damit zum Umfrisieren. Einen oder zwei Tage später überführe ich nach Berlin. Abwechselnd fährt einer von euch mit dem Motorrad im Abstand hinterher und bringt mich wieder zurück. Damit ihr sicher seid, dass ich nicht mit der Kohle abhaue." David lächelte spöttisch, aber es kam kein Lächeln zurück.

Dann wurden die Anteile für jede Arbeit prozentual festgelegt. Jumbo kam mit der Rechnerei nicht ganz mit. „Aber wenn einer immer das macht, wofür es die meiste Kohle gibt?"

„Da müsst ihr untereinander klarkommen. Da mische ich mich nicht ein. Aber noch etwas: Keine anderen Aktivitäten mehr. Ihr kriegt genug Knete in die Finger, habt also keinen Grund zum Klauen oder zum Dealen. Lasst euch auch nicht von den Bullen erwischen, wenn ihr schneller fahrt, als erlaubt ist. Lasst euch überhaupt bei nichts erwischen. Ist das klar?"

Dann wandte sich David direkt an Lucky: „Und während der Aktionen weder Alkohol noch Drogen. Das gilt für alle."

Lucky sagte dazu nichts. Man sah ihm aber an, wie sehr Davids Anordnungen ihn ärgerten.

„Wie ist das mit den Weibern?", fragte Lord. „Was sag ich Jenny, wenn sie wissen will, was läuft?"

„Denk dir was aus", sagte David lakonisch. „Die Mädchen sind nicht mit dabei." Er dachte: „Und ich bin der Erste, der sich nicht daran hält. Jasmin weiß, was wir vorhaben. Aber sie weiß auch, warum ich es mache. Die anderen haben auch ihre Gründe, warum sie die Kohle brauchen. So viel Geld, wie sie legal nie haben würden."

Jeder von ihnen hatte seinen Traum, den er ganz für sich allein träumte. Wenn es schief ging, verlor er sein Gesicht nicht.

25.

„Meine Mutter ist für ein paar Tage verreist", sagte Jasmin. „Immchen liegt im Krankenhaus, Arne lässt sich sowieso nicht blicken, und Pam hat was gutzumachen."

Davids Augen blitzten unternehmungslustig. „Und was heißt das im Klartext?"

Jetzt wurde Jasmin ein bisschen verlegen. „Ich hab mir gedacht, dass du gern mal sehen würdest, wie wir wohnen."

„Will ich. Aber hauptsächlich, wie du wohnst." Es war Freitag.

David hatte Jasmin von der Schule abgeholt und ihr den Sturzhelm schon entgegengehalten. Elena winkte kurz. „Viel Spaß am Wochenende." Dann hakte sie sich bei ihrem neuen Freund ein und verschwand in der Menge der Schüler. Jasmin stieg hinter David aufs Motorrad. „Wohin, Lady?"

„Nach Hause. Zu mir." Längst ärgerte sie sich nicht mehr darüber, wenn David sie Lady nannte. Es war mehr ein Ritual geworden, dessen Bedeutung sie beide kannten. Unsicherheit schwang dabei mit, auch Verlegenheit.

Als sie am Haus ankamen, fragte David: „Wo soll ich meine Maschine abstellen?" Daran hatte Jasmin noch gar nicht gedacht. Aber in einem plötzlichen Entschluss, in dem auch ein bisschen Trotz mitspielte, sagte sie: „In der Garage. Meine Eltern sind nicht da, Arne parkt sowieso draußen. Und außerdem: Da sieht's keiner."

David schob das Motorrad mit gemischten Gefühlen in die Garage. Er war froh, dass Jasmin das Tor wieder herunterließ.

„Komm!" Sie hatte Herzklopfen, als sie die Haustür aufschloss. Pamela kam aus der Küche. Als sie David sah, stutzte sie ein bisschen. Dann streckte sie ihm die Hand entgegen. „Hallo, ich bin Pam."

„David", sagte er.

„Isst du mit uns?" Pamela tat, als sei das ganz normal. Ohne auf eine Antwort zu warten, stellte sie noch einen Teller auf den Küchentisch. Jasmin verdrehte die Augen, was heißen sollte: Uns bleibt aber auch nichts erspart.

Pamela zeigte Verständnis und erklärte die Lage. „Ich bin heute Nachmittag nicht da, fahre in die Stadt. Abends wird es auch spät, will mir den neuen Film mit Tom Cruise anschauen. Alle reden davon. Kennt ihr den schon? Deine Mama hat angerufen, sie kommt erst am Montag zurück. Und Arne – weiß nicht, wo der steckt. Im Büro ist er nicht mehr."

„Null Problem", sagte Jasmin erleichtert. Sie hatte begriffen, dass Pamela ihr nicht in die Quere kommen würde. Die räumte schnell das Geschirr in die Spülmaschine und verschwand nach wenigen Minuten.

Als sie allein im Haus waren, fühlten sie sich anfangs ziemlich befangen.

„Musst du morgen arbeiten?"

„Nein, Lady. Stehe voll zu deinen Diensten."

Sie waren mittlerweile in Jasmins Zimmer angekommen, nachdem sie alles etwas ausgiebiger besichtigt hatten, als notwendig gewesen wäre. Da erst nahm David sie in die Arme. „Wenn ich was mache, was du nicht willst, dann sag es einfach. Ist das klar?"

Jasmin nickte nur, ließ sich aber so küssen, dass ihr ganz anders wurde. Das war nicht nur Kribbeln im Bauch, wie Elena es beschrieben hatte. Sie hatte das Gefühl, als drehe sich alles in ihrem Kopf. Sie klammerte sich regelrecht an David, als sie nebeneinander auf dem Bett lagen. Auch David schien den Verstand zu verlieren. „Willst du es auch?" Seine Stimme war kaum zu verstehen. Er küsste sie überall.

„Ja, ja!"

David war so behutsam wie nur möglich. „Es soll schön für dich sein, das erste Mal", flüsterte er heiser. Aber dann war es, als ob über Jasmin die Wogen zusammenschlügen. Später konnte sie sich nicht mehr an Einzelheiten erinnern. Aber sie weinte, als sie wieder ruhiger wurde.

„Was ist? Habe ich dir wehgetan?"

„Nein, nein. Ich weiß nicht, warum ich weine. Vor Glück sicher."

David wischte ihr die Tränen aus dem Gesicht. „Ich möchte auch vor Glück heulen."

„Dann tu es doch!" Jasmin lachte schon wieder. „Oder dürfen das starke Wölfe nicht?"

Sie stützte sich auf ihren Ellbogen und schaute in Davids Gesicht. Daraus war jede Härte verschwunden. Er sah unsicher aus, verletzbar. Seine Augen glänzten wie die eines Kindes bei der Weihnachtsbescherung. „Ach Lady!"

Jasmin war innerlich aufgewühlt. „Ich denke, wir müssen jetzt was anderes machen, sonst drehe ich durch", sagte sie und zog ihren Jogginganzug an. „Am besten, ich mache uns was zu essen. Ich bringe das Abendbrot hoch. Kannst noch liegen bleiben, Davy. Kannst auch ruhig duschen, wenn du willst ..."

Er schaute ihr nach, als sie aus dem Zimmer ging. Es war gut, dass er eine kleine Weile für sich hatte. „Dass mir so ein Mädchen begegnet ist", dachte er. „Das ist wie ein Sechser im Lotto."

Nein, damit war es nicht zu vergleichen. Diese Liebe war überhaupt mit nichts zu vergleichen, was er je erlebt hatte. Jetzt konnte David weinen, ohne sein Gesicht zu verlieren. Es war ihm einfach danach. So ein Mädchen! So eine Liebe!

Und das passierte ihm, der manchmal geglaubt hatte, das Leben lohne sich nicht mehr. Dieses Gefühl für Jasmin war anders als für seine Mutter, für Silke. Aber mit diesem Gefühl kam auch die Angst, sie zu verlieren. Oder bereute er, sich auf die riskante Sache mit Jannosch eingelassen zu haben? Die ersten zwei Aktionen waren zwar ohne Komplikationen über die Bühne gegangen, aber ob das immer so klappte?

Er stand auf und ging ins Badezimmer. Fast andächtig betrachtete er die Einrichtung, die Dinge auf den zwei Waschtischen und in den Fächern der Schränke. So müsste man später einmal leben können, dachte er. Aber er hatte nichts gelernt, womit er viel Geld verdienen konnte. Mutter und Silke, Jasmin und er – sie sollten nicht in ärmlichen Verhältnissen leben müssen. Wie schnell konnte dabei auch Jasmins Liebe zu ihm vergehen. Er brauchte sich nur seine Mutter anzusehen, die durch die Jahre, in denen sie Sozialhilfe beziehen musste, ihr Lachen verloren hatte. Jetzt lachte sie wieder, weil der Supermarktmensch sie ein bisschen verwöhnte. Dabei war sie für den vielleicht nur eine kleine Abwechslung und zu Hause warteten seine Frau und seine Kinder.

Als ihm das einfiel, brauchte David wirklich eine kalte Dusche, die ihn wieder klar denken ließ. Warum hatte er noch nicht nachgeforscht, was es mit diesem Mann auf sich hatte. Er musste seiner Mutter eine Enttäuschung ersparen, bevor es zu spät war. Das würde sie nicht verkraften.

Als er geduscht hatte, ging er zu Jasmin in die Küche. „Bin gleich fertig", sagte sie und steckt ihm eine kleine Gurke in den Mund, als er sie küssen wollte.

Er setzte sich zu ihr und schaute zu, wie sie eine Platte mit belegten Broten zurechtmachte.

„Willst du ein Bier? Oder Saft?"

„Saft ist mir lieber." Dann zog er aus der Tasche seiner Jeans ein Bündel mit Geldscheinen. „Kannst du das für mich aufbewahren?"

Jasmin war erschrocken über so viel Geld. Sie setzte sich zu ihm an den Tisch. „Ist das ...?"

„Ja, Lady. Mein Anteil aus Berlin. Ich möchte es nicht bei mir haben. Das Geld ist für später bestimmt. Und wenn mir ..." Er sprach nicht gleich weiter, sondern schluckte. „Ich meine nur, für den Fall, dass mir was passiert, ist es bei dir sicherer aufgehoben. Gib es dann meiner Mutter. Und nimm dir davon, was du brauchst."

Jasmin kamen die Tränen. „Davy, hör auf, so was zu sagen. Das macht mir Angst. Dir darf nichts passieren. Mach Schluss damit, bevor es zu spät ist. Es wird doch auch eine andere Art geben, Geld zu verdienen."

David legte seine Hand über ihre. „Meinst du, so wie dein Bruder?"

„Der hat selbst Schulden."

„Das meine ich nicht, Lady. Dein Bruder hat im Geschäft deines Vaters Geld unterschlagen. Jetzt wird's eng, weil er es nicht zurückzahlen kann."

„Woher weißt du das?" Jasmin war entsetzt. Sie hatte zwar selbst schon daran gedacht, besonders nach dem Gespräch mit Immchen im Krankenhaus, aber jetzt zweifelte sie keinen Augenblick daran, dass es stimmte. David hatte sie noch nie belogen.

„Ein Kumpel von Jannosch hat es mir gesteckt. Arne hat sich offensichtlich bei einer Immobilie in Berlin ganz schön verspekuliert. Und jetzt steht ihm das Wasser bis zum Hals."

Jasmin war bedrückt. Zwischen ihnen lag das Bündel Scheine auf dem Tisch. „Davy, sei vorsichtig. Bitte."

„Ich gehe kein unnötiges Risiko ein. Und ich schwör's dir

noch einmal: Von jemandem, der es braucht und dem es finanziell dreckig geht, klaue ich kein Auto. Hebst du das Geld für mich auf? Ich hoffe, es kommt noch genug dazu."

Sie nickte nur. Dann aßen sie schweigsam. Jasmin räumte das Geschirr weg. „Ich muss noch darüber nachdenken, wo ich dein Geld verstecke." Und mit einem gequälten Lächeln fügte sie hinzu: „Jetzt bin ich eine richtige Gangsterbraut."

„Na ja, wenn du dich auf so einen wie mich einlässt!"

Er blieb die ganze Nacht bei Jasmin. „Ich muss doch deine Ängste wegküssen", sagte er. Dann legte er ihr ein Kettchen mit einem kleinen goldenen Herz um den Hals. „Das ist von meinem ehrlich verdienten Geld."

Jasmin glaubte ihm. Und sie dachte: „Er vertraut mir auch. Seine Zukunft vertraut er mir an."

26.

Am Samstag tauchte Pamela erst mittags aus ihrem Zimmer auf. „Endlich mal ausschlafen können", meinte sie. „Ist dein David schon weg? Denk dran, deine Mutter könnte kommen. Gehst du heute noch mal aus? Oder soll ich was kochen?"

„Bloß nicht! Ich will nicht gemästet werden. Aber weg gehe ich noch. Immchen im Krankenhaus besuchen."

Pamela wollte mitgehen, aber Jasmin sagte: „Schlaf lieber noch ein bisschen auf Vorrat, bevor Mama dich wieder rumscheucht. Arne hat sich auch noch nicht blicken lassen, weißt du, wo der steckt?"

Jasmin ging zum Kühlschrank und holte sich einen Jogurt. „Das reicht für mich."

Pam hatte keine Ahnung, wo Arne war. „Vielleicht bei einem Mädchen", meinte sie. „Ich hab ihn gestern mit jemandem in der Stadt gesehen, als ich ins Kino ging. Der Film war Klasse, müsstest du dir auch anschauen."

Pamela war ebenfalls auf dem Schlankheitstrip. Sie trank zu trockenem Knäckebrot ein Glas Buttermilch. Jasmin spürte, dass Pamela noch etwas erzählen wollte. „Ja, mach ich", sagte sie wegen des Films. „Was war das für ein Mädchen?"

„Sicher eine seiner üblichen Freundinnen", meinte Pamela. „Ziemlich schick, er wollte wohl gerade mit ihr essen gehen." Jasmin wunderte sich über nichts mehr. „Kein Wunder, dass der so viel Geld braucht", dachte sie wütend. Dann wanderten ihre Gedanken zu David.

Sie zergrübelte sich den Kopf, wo sie das Geld am besten verstecken konnte. Nur David durfte es wissen. Denn wenn ihr etwas zustoßen würde, musste er ran können. An so eine Möglichkeit hatte sie bisher überhaupt noch nicht gedacht. Auf dem Weg zu Immchen ins Krankenhaus dachte sie sich allerhand aus: „Unter ein Auto könnte ich kommen und aus dem Koma nicht mehr erwachen. Oder ich kriege eine ansteckende Krankheit, an der ich sterbe. Jemand könnte mich kidnappen und dann umbringen ..."

Und irgendwann kam ihr auch der Gedanke: „Ich mache mit, bin quasi Davids Komplizin." Aber sie hatte kein schlechtes Gewissen dabei. Das wunderte sie besonders. Sie hatte direkt ein Vergnügen bei dem Gedanken, wie entsetzt ihre Familie wäre, wüsste sie, was aus der harmlosen Jasmin geworden war.

Vor dem Eingang zum Krankenhaus traf sie ein Mädchen, das zu einem aus der Wolfs-Gang gehörte. Ihr fiel nur nicht ein, zu wem. Sie war auf Ruppis Party gewesen. „Hallo, Lady!"

„Hallo, was machst denn du hier? Jemand besuchen?"

Jasmin fiel nun ein, dass das Mädchen mit so einem Großen herumgeknutscht hatte. Jumbo hatten ihn die anderen genannt, obwohl er eher wie eine Riseneule aussah.

„Meinen Bruder. Hat was mit den Nieren." Und dann: „Wie heißt du denn eigentlich richtig? Lady rufen sie dich doch nur ..."

„Ich heiße Jasmin. Und du?"

Die andere lachte. „Gerti. Meinen Eltern fiel nichts Besseres ein. Jasmin klingt vornehmer."

Als sie schon im Treppenhaus waren, fragte Gerti: „Sag mal, weißt du, warum die Kerle neuerdings so geheimnisvoll tun? Aus Jumbo ist nichts rauszukriegen. Nicht mal, wenn ich einen auf Liebesentzug mache."

„Na prima!", dachte Jasmin. „Keine Ahnung", sagte sie laut. „Ich krieg David in letzter Zeit noch viel seltener zu sehen."

„Aber Kohle hat mein Jumbo", meinte Gerti. „Die haben sicher wieder was angeleiert, wovon wir nichts mitkriegen sollen. Aber den Dicken klopfe ich mir weich."

„Na bloß nicht", dachte Jasmin. Zu Immchens Station ging's noch eine Etage höher, und Jasmin bereute es schon, nicht den Lift genommen zu haben. Sie war ganz außer Atem. „Ich muss David unbedingt sagen, welche Gefahr davon ausgeht, wenn die Mädchen mitbekommen, was läuft. Er muss die Jungens noch mal zum Schweigen verdonnern. Je mehr davon wissen, desto schneller kann die Sache auffliegen. Das wäre eine Katastrophe."

Sie zwang sich zu einem Lächeln, als sie Immchens Krankenzimmer betrat. Der ging es ziemlich schlecht, und sie machte sich große Sorgen, wie es weitergehen sollte. „Ich falle mindestens für ein halbes Jahr aus. Deine Mutter sucht sich inzwischen bestimmt eine andere Haushaltshilfe.

Ich hab mich doch so an euch gewöhnt in den vielen Jahren. Wie meine eigenen Kinder seid ihr mir." Immchen weinte.

„Momentan ist ja Pam da", tröstete Jasmin. „Und die bleibt bestimmt, bis ihr Jahr um ist."

„Aber dein Vater. Du weißt doch, Jasminchen."

„Sie hat mir versprochen, dass da nichts mehr läuft, Immchen."

„Versprochen!" Immchen regte sich mehr auf als nötig. „Ich müsste selbst da sein und auf sie aufpassen."

Jasmin musste kichern. „Du kannst nicht deine Hand dazwischenhalten. Außerdem ist Papa im Moment aus der Schusslinie. Und Mama geht schließlich ihre eigenen Wege."

Immchen empörte sich. „Deine Ausdrucksweise ist unanständig, Jasmin! Ist das der Einfluss von David? Ich werde deiner Mutter sagen, dass sie dir den Umgang mit dem verbieten sollte. Suche dir einen anständigen Jungen."

Jasmin stand auf. „Wenn du das tust, Immchen, dann brauchst du mit mir nicht mehr zu rechnen. Ich liebe David nämlich." Sie verabschiedete sich ziemlich schnell, denn das Thema war ungeeignet, um im Krankenzimmer von Patienten und deren Besuchern mit angehört zu werden. Auf dem Nachhauseweg schwirrten ihr viele Gedanken durch den Kopf. Und sie dachte auch: „War es Mama vielleicht auch so gegangen? Hat sie jetzt genug von all diesen Zwängen, die sie als Ehefrau zu erfüllen hatte? War ihr Fremdgehen auch eine Art Rebellion gegen das tägliche Einerlei? Wer hat den Anfang gemacht mit dem gegenseitigen Betrügen? Papa oder sie?"

27.

In diesem Sommer war Jasmin glücklich wie noch nie. Sie traf sich mit David, so oft es ging. Sie fuhren zum Baden oder saßen abends auf der Bank im Park und sprachen stundenlang darüber, wie es später einmal sein könnte.

Auch David fühlte sich wohl, wenn er mit Jasmin zusammen war. Dabei vernachlässigte er seine Gang, und das war gefährlich. Wenn er gewusst hätte, mit wem Lucky sich traf und was sie miteinander besprachen, hätte er sofort mit den Autodiebstählen Schluss gemacht und sich von seiner Gang getrennt. Er unterschätzte Lucky. Der gab nicht so schnell auf. Und ein Schwur galt für ihn nicht mehr, als sich danach die Hände zu waschen, und es war keiner mehr. David hatte auch Stan unterschätzt, dem er ein gutes Geschäft verdorben hatte, bei dem dieser nichts weiter zu tun gehabt hätte, als seine Provision zu kassieren. Und so waren sich Lucky und Stan schnell in der Frage einig, David auszuschalten. „Den lass ich voll ins Messer laufen!" Lucky genoss schon die Vorfreude. Dabei verschwieg er den zweiten Grund, warum er David loswerden wollte. Jenny hatte sich von Lord getrennt und war wieder zu ihm zurückgekommen. Aber ihr Verhalten ließ keinen Zweifel daran, dass sie David aus der Hand fressen würde, wenn er sie nur nähme. Auch das musste er ändern. Schnellstens.

Stan bremste ihn. „Von unserer Abmachung darf Jannosch nichts erfahren. Der ist ganz vernarrt in David. Wäre sein bester Mann, sagt er. Dass Jannosch hübsche Jungen mag, das weißt du?"

„Nee, das ist mir neu. Hab ihn ja auch noch nicht kennen gelernt, den Jannosch. Soll ich dich mal in Berlin besuchen?"

Stan lachte höhnisch. „Für den bist du zu hübsch. Bleib bei deiner Braut. Da weißt du, was du hast."

„Eben nicht", dachte Lucky, der für einen kurzen Augenblick eine Chance gewittert hatte, David auszuschalten. „Erzähl doch mal von der Tussi, mit der unser Davy in Berlin zusammen war. Muss ja ein ziemlich wunder Punkt bei ihm sein. Ich bin ganz geil auf solche Storys."

Die beiden saßen in Luckys Stammkneipe, und der spendierte seinem Gast reichlich Schnaps und Bier. Stan ließ sich nicht lang bitten. Der Alkohol löste seine Zunge. „David hatte was mit meiner Schwester, war voll auf sie abgefahren. Aber dann hat Cora ihn in die Wüste geschickt."

Lucky starrte Stan an. „Was denn? Mr Unwiderstehlich hat 'ne Abfuhr gekriegt?"

„Tja, Cora hatte was mit ihrem Chef angefangen, ziemlich wohlhabender Typ, und da war Davy natürlich abgemeldet." Es bereitete Stan offenbar Riesenspaß zu erzählen, wie David bei Cora abgeblitzt war. „Ich hab ihn dann noch ein bisschen bearbeitet und schließlich war er reif für den Autoklau."

„Und Jannosch?", fragte Lucky. „Konnte der nachher bei David landen?"

„Fehlanzeige. Damals vermutete der Chef, dass David was mit den Autodiebstählen zu tun hat. David hat Schiss gekriegt und die Lehre geschmissen. War plötzlich verschwunden. Der konnte von Glück reden, dass sein Onkel den Bullen nichts gesteckt hat. Vorher hat er von der Kohle, die er mit dem Autogeschäft gemacht hat, noch das Motorrad bei mir angezahlt. Der schuldet mir heute noch was."

Die Geschichte mit Cora interessierte Lucky zwar, aber er dachte auch weiter. Wenn Jannosch scharf auf David war, konnte das doch nur bedeuten, dass er ihn besonders gut bezahlte für den Autoklau. Lucky überlegte, ob es klug war,

David schon jetzt auszuschalten. Immerhin hatte er dadurch ohne großes Risiko mehr Geld in der Hand als früher. Seine Spielleidenschaft war nicht kleiner geworden.

„Ich überlege mir was, wie wir David zur Strecke bringen", sagte er etwas ausweichend zu Stan. „Aber sein Konto bei den Bullen muss noch dicker werden, sonst haben wir ihn zu schnell wieder auf dem Hals."

„Und Jannosch muss dann froh sein, wenn er uns hat. Das ist gut ..."

Stan rieb sich die Hände. „Wen hat er sich denn hier aufgerissen? So eine wie Cora wird er nicht gleich wieder finden. Meine Schwester ist einmalig, wie die den vernascht hat."

Jetzt war Lucky in seinem Element. „Denkste. David hat sich nach oben katapultiert. Spielt jetzt den feinen Macker. Lady heißt seine Neue. Und die wohnt in 'ner Villa. Hat nur den Nachteil, dass sie noch minderjährig ist."

„Mann, das ist ja ein Hammer!" Stan konnte nicht genug kriegen, etwas über Jasmin zu erfahren. Dann legte er den Köder aus: „Kann man die Lady nicht entführen? Ihr Alter hat doch bestimmt Knete genug, um sie auszulösen."

Dieser Gedanke war überwältigend für Lucky. „Mann, mit dir zusammenzuarbeiten macht Laune. Du bist nicht so ein Robin Hood, der sich nicht an denen vergreift, die nicht genug Kohle haben, um es ohne weiteres wegstecken zu können. Ich könnte mir unsere Zukunft schon ertragreicher vorstellen als jetzt."

Sie ahnten nicht, dass sie von David gesehen wurden, als sie spätabends die Kneipe verließen. Bei dem schrillten sofort alle Alarmglocken. Lucky und Stan zusammen, das hieß Gefahr. Was die beiden aushecken, musste er auf irgendeine Weise erfahren. Und er musste Jannosch informieren. Mit dem kam er gut aus, seit er ihm ehrlich gesagt hatte, dass er nichts gegen Schwule hatte, aber selbst wirklich nur auf Frauen stand. Er ahnte, dass Jannosch ihn trotzdem gern mochte. Aber Berlin war weit.

David hatte sich zu Hause verdrückt, weil ihm zuwider war, wie seine Mutter um den Supermarktmenschen herumscharwänzelte. Und Silke war mit ein paar Süßigkeiten schnell zu überzeugen, dass es ein guter Onkel war.

Weil er nicht wusste, wie er den Abend verbringen sollte, hatte David Jasmin angerufen, aber da war ihre Mutter am Telefon, und David hatte getan, als habe er sich verwählt. Er wagte nicht, noch mal anzurufen, aber er nahm sich vor: „Ich werde morgen nach Schulschluss auf Jasmin warten."

„Auf der ganzen Linie Probleme", dachte er. „Ich muss mich beeilen, das alles hinter mich zu bringen." Auch sein Versuch, mit Jannosch zu telefonieren, scheiterte. Der war nicht zu Hause und hatte auch sein Handy nicht auf Empfang gestellt.

David brachte es nicht fertig, nach Hause zu gehen, solange der Supermarktmensch bei seiner Mutter war. Er wartete vor dem Haus und fühlte sich in seine Kindheit zurückversetzt, als er wegen seines Vaters ins Treppenhaus geschickt worden war. Und er fühlte die gleiche ohnmächtige Wut.

28.

David beschloss, auf eigene Faust nach Berlin zu fahren, ohne die anderen überhaupt zu informieren. Er wollte einfach wissen, was Sache war. Nicht einmal Jasmin sagte er, warum er für keinen erreichbar war. „Ich rufe dich an, sobald ich wieder in der Stadt bin. Es geht um meinen Vater."

Jasmin fragte auch nicht weiter nach, denn wenn es um Herbert Wolf ging, war David wortkarg.

David aber wollte erstens wissen, ob er von Lucky oder einem anderen überwacht wurde, und zweitens, was bei Jannosch lief. Konnte doch sein, dass Stan da etwas ausgebrütet hatte, was ihn in Gefahr bringen konnte. Seit er Stan mit Lucky zusammen gesehen hatte, war David mehr als vorsichtig.

Einen entsprechend teuren Wagen hatte David bereits im Visier. Ihn aufzuknacken und kurzzuschließen war für ihn kein Problem, das hatte er schon hundertemal gemacht. Fingerabdrücke, nein – David trug bei dem Job stets dünne Lederhandschuhe. Und seine Motorradkluft hinterließ auch keine Faserspuren, mit denen man ihn hätte überführen können.

Irgendwie verschwand seine Aufregung bei dem einsamen Autoklau, als er den gewohnten Kick spürte, der ihn jedes Mal überkam, wenn er das Geräusch hörte, das ihm sagte, der Wagen ist offen. Er sah sich um, die Straße war belebt, und niemand schien Verdacht zu schöpfen. Der Eigentümer saß noch mindestens drei Stunden in seinem Büro, ein Rechtsanwalt mit zahlungskräftiger Klientel. Auch davon hatte David sich vorher überzeugt. Die Sekretärin hatte ihm erst einen Termin für den frühen Abend geben können. Es war Freitag, Hauptverkehrszeit. Das Öffnen und Wegfahren war in Sekundenschnelle erfolgt. Als David das verschlossene Handschuhfach mit einem geübten Schlag öffnete, verschlug es ihm die Sprache: da waren in einer Ledertasche der zweite Autoschlüssel, die Fahrzeugpapiere und ein größerer Geldbetrag. Er überlegte nicht lange. Bevor der Rechtsanwalt den Verlust des Wagens bemerkt haben würde, wäre er fast in Berlin. Statt den Wagen erst in die Werkstatt zum Umspritzen zu bringen, fuhr er sofort in Richtung Autobahn weiter. Auf dem ersten Parkplatz würde er die Manipulation mit dem Kurzschließen in Ordnung bringen, er hatte ja nun einen ordentlichen Schlüssel. Das Geld zählte er schon während der Fahrt. Es war mehr, als er für drei gestohlene Autos von Jannosch bekommen hätte.

David war in Hochstimmung und machte Pläne. Aber er fuhr auch vorsichtig, um nicht in eine Verkehrskontrolle zu geraten. Wenn der Mann seinen Wagen vermisste, würden sie doch erst in der näheren Umgebung suchen, aber nicht so weit weg. Und außerdem hatte sich David für einen solchen Fall vorbereitet. Er veränderte das Äußere des Wagens auf einem leeren Parkplatz mit silberfarbenen Längsklebestreifen, dem auffälligen Aufkleber eines Sportvereins samt Fähnchen und zog statt der Lederkluft, die er in einer Tasche unterbrachte, einen fuseligen Pullover und eine Jeans an. Beides würde er in einen Müllcontainer werfen, sobald er das Auto an Jannosch übergeben hatte. Bevor er weiterfuhr, rief er mit seinem Handy Jannosch an. „Erwarte mich heute Abend noch. Und sag deiner Werkstatt Bescheid. Es ist dringend."

Jannosch war überrascht, weil Davids Kommen nicht angekündigt war. Er sagte jedoch ohne Zögern: „Okay. Ich freue mich auf dich."

Das war der verabredete Code. David fuhr ohne Hektik weiter. Jetzt bereute er die schlaflosen Nächte nicht, in denen er sich immer und immer wieder einen solchen Coup ausgedacht hatte. Diesmal hatte es reibungslos geklappt. Er war sonst viel nervöser gewesen, wenn er auf die Mitarbeit der anderen angewiesen war. Da hätte er für keinen die Hand ins Feuer gelegt. Und er war sich fast sicher, dass sie nicht für einen Tag daran gedacht hatten, wegen des zusätzlichen Geldes durch den Autoklau ihre diversen eigenen krummen Geschäfte zu unterbrechen. Sie waren ein größeres Risiko, als bei der Überführung der Autos nach Berlin zu Jannosch erwischt zu werden. David hatte immer mehrere Möglichkeiten, das Auto nach der Behandlung in der Lackiererei noch zu verändern. Einmal hatte er sogar einen zusätzlichen Satz anderer Nummernschilder dabeigehabt. Aber diesmal war dazu die Zeit zu knapp gewesen. Wenn er seine Lederkluft gegen ein anderes Outfit und Jeans tauschte, warf er später die Klamotten jedes Mal in irgendeinen Müllcontainer. Damit konnten sie ihn nicht überführen. Er war vorsichtig und überwach. Es stand jetzt mehr auf dem Spiel als früher, als er alles nur für den Kick und den Spaß gemacht hatte.

David dachte auf der Fahrt nach Berlin auch über die beiden Jahre nach, die er dort verbracht hatte. Im Nachhinein betrachtet verklärte sich bei ihm die Berliner Zeit. Was hatte er da nicht alles riskiert, nur um zu beweisen, dass er ein Held sei. Vom S-Bahn-Surfen über Autorennen mit geklauten Fahrzeugen, von wilden Partys in Abrisshäusern bis zu Straßenschlachten bei Demos war alles drin gewesen. Bei der Arbeit hatte er oft gefehlt. Wahrscheinlich hätte sein Onkel ihm den Lehrvertrag auch gekündigt, ohne dass er etwas von den Autodiebstählen geahnt hätte. Wahrscheinlich war er sogar froh gewesen, dass David von selbst verschwunden war. David hatte auch Drogen probiert, es aber schnell wieder sein lassen. So wie die wollte er nicht werden. Ein Häufchen Dreck, das für den nächsten Schuss alles machte. Der Kick war für eine kurze Zeit ganz schön, aber nicht wert, damit sein Leben zu ruinieren. Einmal hatte er einen elfjährigen Knirps, der am Bahnhof Zoo Haschisch rauchte, windelweich geprügelt. „Heute würde ich auch nicht mehr für nichts und wieder nichts mein Leben aufs Spiel setzen, um als Held dazustehen", dachte David, als er in Berlin einfuhr. Auf kürzestem Weg fuhr er zu der Garage, die ihm Jannosch beschrieben hatte, um dort das Auto verschwinden zu lassen. Papiere und Autoschlüssel nahm er mit. Mit diesem Zubehör musste Jannosch mehr bezahlen als sonst. Das Geld aus dem Handschuhfach steckte David unter sein T-Shirt.

Jannosch wartete schon an der Garage. „Hi, Davy. Tolle Leistung, ich bewundere dich." Seine Augen strahlten David liebevoll an.

„Davon dürfen die anderen nichts erfahren, ist das klar? Hast du das Geld dabei? Ich muss gleich zurück. Mit dem nächsten Zug."

Jannosch war enttäuscht. „Das Geld habe ich zu Hause. So viel habe ich nie bar bei mir ..."

„Ist ja schon gut. Sieh dir den Schlitten an – topfit ist der."

„Mit dir handle ich doch nicht, Davy. Ich weiß, dass ich mich auf dich verlassen kann." Jannosch ging mit der Taschenlampe rund um das Auto, prüfte den Tachostand und die Papiere. David zog sich inzwischen um und steckte den fusseligen Pullover und die alte Jeans in eine Plastiktragetasche. „Können wir?"

Jannosch nickte. Er zog das Garagentor herunter und steckte den Schlüssel mitsamt den Papieren in die Tasche. Als sie zu seinem Auto gingen, das er ein Stück abseits geparkt hatte, sagte er: „Kannst ruhig die Nacht über bei mir schlafen, Davy."

David wollte ihn nicht kränken, aber er ahnte die Bemühungen des anderen, ihn noch bei sich zu haben. „Na gut", sagte David. „Ich muss sowieso mit dir reden."

Jannosch strahlte.

Später erzählte David, dass er vermutete, Stan und Lucky

wollten ihn ausschalten und gemeinsame Sache machen.
„Ich würde lieber immer mit dir allein zusammenarbeiten, Jannosch. Wäre auch für dich risikoloser. Kann ich dir vertrauen, dass du mich nicht bei Stan verrätst?"

„Dich? Nie Davy. Nie!" Jannosch legte seinen Arm um ihn. „Du weißt doch, wie sehr ich dich mag. Ich vermisse dich."

David konnte ein Grinsen nicht unterdrücken. Trotzdem fand er es gut so, dass er einen in Berlin hatte, dem er halbwegs vertrauen konnte. Am nächsten Morgen fuhr David mit dem Zug zurück. Er war voller Pläne und hatte ein gutes Gefühl, wenn er an die Zukunft dachte.

29.

Die Katastrophe kam unerwartet. Jasmins Vater hatte festgestellt, dass aus dem hinter einem Wandteppich verborgenen Tresor eine größere Geldsumme fehlte. Er vermutete zuerst, seine Frau habe das Geld gebraucht. „Nein. Ich hätte es dir gesagt", verteidigte sich Susanne Sperber. „Einbrecher waren nicht im Haus, die Alarmanlage ist in Ordnung. Aber du hast dich ja auch nie in Acht genommen mit der Kombination. Die weiß hier im Haus jeder ..."

„Wie meinst du das?" Klaus Sperber reagierte sofort aggressiv.

„Du weißt, wen ich meine." Susanne Sperber berührte den wunden Punkt: Pamela. „Sie muss endlich aus dem Haus, sonst gibt es hier nie Ruhe. Ich habe meine Beziehung beendet und mich an mein Versprechen gehalten."

„Ich auch", sagte er lakonisch. „Genauso wie du."

„Dann rufe sie doch. Frage sie. Dreißigtausend sind doch schließlich kein Pappenstiel."

„Aber Schwarzgeld. Ich kann das nicht mal an die große Glocke hängen. Polizei ist da nicht drin."

Pamela reagierte hysterisch. Sie bekam beinahe einen Nervenzusammenbruch. „Ruft doch die Polizei", sagte sie immer wieder. „Die soll das Haus durchsuchen und mein Zimmer. Ich schwöre es bei meinem Leben, dass ich keinen Penny gestohlen habe."

Jasmin hatte den Streit gehört und kam in das Arbeitszimmer ihres Vaters. Sie hielt zu Pamela. „Die gibt eher noch was dazu. Aber hast du Arne schon gefragt? Der ist doch dauernd in Geldnöten." Ihre Mutter gab ihr einen Wink zu schweigen und schickte Pamela aus dem Zimmer. „Arne soll mal kommen", rief sie ihr noch nach.

„Wie kommst du auf Arne?", fragte Jasmins Vater. „Der bekommt von mir ein Supergehalt."

„Das soll er dir mal selber sagen." Jasmin verschanzte sich hinter Schweigen. Da wollte sie sich nicht einmischen. Arne würde schon eine Ausrede finden, die plausibel war.

Es dauerte eine Weile, bevor Arne ins Zimmer trat. „Kennst du die Tresorkombination?"

Arne war gar nicht verlegen. „Klar. Kennt doch hier jeder im Haus. Fehlt was?"

„Dreißigtausend. Was hast du dazu zu sagen?" Klaus Sperber musterte seinen Sohn, um eventuelle Unsicherheiten festzustellen. Aber Arne reagierte nicht unsicher. Er schaute Jasmin an und sagte: „Tut mir Leid, Schwesterlein. Aber nun muss ich es wohl sagen, dass du öfters Herrenbesuch hast, wenn weder Mama noch Papa da sind. Auch nachts …"

„Jasmin? Besuch? Nachts?" Die Eltern reagierten entsetzt. „Wir haben dich immer sehr frei erzogen, aber dass du unser Vertrauen derart missbrauchst!" – „Wieso war Jasmin überhaupt allein im Haus, wenn ich in Chemnitz war? Du hattest doch geschworen, Susanne, dass es mit Jürgen aus ist! Wann habt ihr euch zuletzt getroffen?"

Auch Jasmin hatte nicht geahnt, dass Arne etwas von Davids Besuchen wusste.

Arne goss noch Öl in das Feuer. „Sorry, Jasmin. Aber dass du mit diesem David Wolf zusammen bist, weiß die ganze Stadt und schließlich ist dein Lover nun mal der Sohn eines Kriminellen. Würde mich nicht wundern, wenn dein Davy auch 'ne ganze Menge auf dem Kerbholz hat. Damit musstest du doch rechnen, dass irgendwann mal was passiert."

In dem folgenden Streit schoss Jasmin zurück. „David ist kein Krimineller. Ich liebe ihn. Und er hat mit der Sache auf keinen Fall was zu tun. Aber ihr solltet Immchen mal fragen. Die wurde von Arne nämlich um genau die Summe angepumpt, die aus dem Tresor fehlt. Auch von Oma hat er Geld haben wollen. Die könnt ihr auch fragen, da werdet ihr vielleicht auch hören, wofür Arne das Geld braucht."

„Ich werde Immchen fragen. Und Oma", sagte Susanne Sperber entschlossen. „Und du, Klaus, nimm dir mal deinen Sohn vor, damit er dir sagt, was hier gespielt wird. Ich rede mit Jasmin. Seid ihr denn alle verrückt geworden? Ich dachte, wir sind eine anständige Familie! Und jetzt kommt so etwas zutage."

„Das musst gerade du sagen!" Klaus Sperber ballte die Fäuste und stemmte sie auf den Schreibtisch. Er sah aus, als wollte er im nächsten Moment zuschlagen. „Arne, bleib hier. Ihr könnt gehen. Aber damit ist das Thema nicht vom Tisch."

Jasmin verließ mit ihrer Mutter das Arbeitszimmer. „Ich wollte schon lange mit dir reden", verteidigte sich Jasmin. „Aber du hattest ja nie Zeit für mich. Tut mir Leid, was jetzt rauskam. Ich meine, dass du auch in letzter Zeit nachts oft nicht da warst, wenn Papa unterwegs zu tun hatte."

Susanne Sperber schob Jasmin in ihr Zimmer. Auf Jasmins Erklärung antwortete sie nicht. „Du bringst fremde Jungen in unser Haus? Auch nachts? Bist du denn von allen guten Geistern verlassen? Ich habe ja für vieles Verständnis, aber das geht wirklich zu weit. Immerhin bist du noch minderjährig."

„Dein Verständnis geht doch nur so weit, damit ich dich in Ruhe lasse, wenn du deinen Jürgen treffen willst."

Bevor Jasmin weiterreden konnte, bekam sie eine kräftige Ohrfeige. Susanne Sperber atmete tief durch.

„Die Probleme, die Papa und ich miteinander haben, gehen dich nichts an, Jasmin. Und jetzt will ich wissen, wer dieser Kerl ist. Etwa der, von dem Immchen gesprochen hat?"

„Ja, genau der. Und er ist nicht schlecht. Ich weiß es besser als alle anderen. Und ich liebe ihn. Ich lass mir nichts verbieten. Ihr könnt erst mal vor eurer eigenen Tür kehren."

„Jasmin, ich will nicht, dass du diesen David weiterhin triffst. Immerhin sitzt sein Vater im Gefängnis. Wahrscheinlich hat er sogar tatsächlich das Geld aus Vaters Safe genommen. Wer soll es sonst gewesen sein?"

30.

David war beunruhigt. Kaum dass er aus dem Berliner Zug gestiegen war, hatte er Jasmins Anruf auf seinem Handy entgegengenommen. Sie wollte ihn dringend am nächsten Tag nach der Schule sprechen. Jasmin hätte bestimmt nicht angerufen, wenn es unwichtig gewesen wäre. Zu Hause angekommen, traf er im Hausflur den Supermarktmenschen. Der sagte nur kurz „Hallo, David!" Dann hastete er davon.

„Was hat der es denn so eilig?", fragte David seine Mutter.

„Bei uns im Markt ist eingebrochen worden. Gert musste sofort hin. Wieder so eine kriminelle Bande. Schrecklich."

David hatte ein ungutes Gefühl. „Nicht auch das noch", dachte er. „Ich habe schon genug Probleme."

„Willst du was essen?" David zog sich seinen bequemen Jogginganzug an und ging in die Küche. Heute würde der Supermarktmensch sicher nicht mehr auftauchen. „Wo warst du eigentlich? Ich habe mir Sorgen gemacht. Dein Motorrad stand im Hof."

So genau beobachtete sie ihn also. Er spielte alles herunter. „Um mich brauchst du dir keine Sorgen machen, Mütterchen. Ich bin mit einem Freund mitgefahren." Weil er das Thema wechseln wollte, fragte er: „Und, wie weit bist du mit dem Supermarktleiter? Der ist ja jetzt ziemlich häufig hier. Magst du ihn?" Vor der Antwort hatte er schon im Vorhinein Angst. Aber er wollte wissen, was ablief.

Karla Wolf setzte sich zu David an den Tisch. „David, ich möchte, dass Gert bei uns einzieht. Wir lieben uns, und er versteht sich auch so gut mit Silke. Wenn seine Scheidung durch ist, werden wir vielleicht sogar heiraten. Ich brauche dann auch nicht mehr so viel zu arbeiten, wenn Gert die Miete übernimmt, und kann mich wieder mehr um Silke kümmern. Der Kindergarten schließt abends zu zeitig. Ich kann nicht immer Oma bitten, das Kind zu holen."

David stopfte den Kartoffelsalat lustlos in sich hinein. Das war eine eindeutige Erklärung. Mit den paar Sätzen hatte die Mutter seine Träume kaputtgemacht. Aber das durfte er ihr nicht einmal sagen.

„Und wenn das schief geht mit der Scheidung? Könnte ja sein, er wird nicht gleich geschieden und das dauert noch ewig. Was dann? Inzwischen kommt Vater aus dem Knast. Wozu der fähig ist, das weißt du ja."

„O Gott, Junge. Mal nicht den Teufel an die Wand."

Aber das war Davids einzige Hoffnung: Dass es nichts wurde aus einer Heirat seiner Mutter mit dem Supermarktmenschen. Er wollte derjenige sein, der sie in Sicherheit brachte und auch ernähren konnte. Das war sein Traum. Und jetzt kam noch Jasmin dazu. Sie sollten stolz auf ihn sein. Er wollte beweisen, dass er nicht in der Gosse landete, wie alle ihm oft prophezeit hatten. Und die Zeit war knapp geworden.

„Hat der Supermarkt-Gert eigentlich Kinder?" Mit dieser Frage wollte David seiner Mutter weitere Probleme zeigen, die auf sie zukommen könnten. Zögernd antwortete sie: „Drei. Aber zwei sind schon fast erwachsen."

„Also muss er Unterhalt zahlen. Da wird es knapp. Du wirst weiter arbeiten müssen, Mutter. Mit drei Kindern lässt sich eine Frau nicht einfach scheiden. Du weißt, wie schwer es dir gefallen ist, dich zu einer Scheidung durchzuringen. Und er hat dich geschlagen und mich auch."

Zumindest hatte David es geschafft, seine Mutter nachdenklich zu machen. Von seinen Plänen wollte er ihr nichts erzählen. Das würde sie sofort ablehnen. Aber vor Herberts Rückkehr hatte sie Angst. David wusste, der würde sie nie in Ruhe lassen. Davor konnte sie auch der Supermarktmensch nicht schützen. Für heute hatte er genug darüber gesagt. Er hoffte nur, dass das mit der Scheidung nicht so reibungslos vonstatten ging. Unterdessen hatte er genug Geld beisammen, um mit Mutter und Silke unterzutauchen, alle Spuren vor Herbert Wolf zu verwischen. Der würde sowieso bald wieder ein Ding drehen und eingebuchtet werden. Nur Jasmin würde er sagen, wo sie zu finden waren.

Jasmin! Da war was vorgefallen, das er heute nicht mehr erfahren konnte. Wieso war Arne gefährlich? Und warum hatte Jasmin Hausarrest? David machte sich Sorgen, denn so weit kannte er Jasmin schon, dass sie nicht wegen einer Kleinigkeit angerufen hätte.

„Hat heute sonst noch jemand für mich angerufen?", fragte er seine Mutter.

„Ich weiß nicht. Silke, Gert und ich waren den ganzen Nachmittag weg. Wir sind auch vorhin erst gekommen. Und da hat dann der Wachdienst aus dem Markt angerufen ..."

Er ging noch zu Silke, die schon fest schlief. David strich ihr zärtlich über das Gesicht. Auf eine gewisse Art ähnelte sie im Schlaf Jasmin. Er wünschte sich, wenigstens auf der Bank im Park neben ihr zu sitzen und sie im Arm zu halten. Sie kannte sein Leben, das er bisher geführt hatte. In einer Angst, dass er sie verlieren könnte, wenn sie von anderer Seite erfuhr, dass er einiges getan hatte, was andere als kriminell bezeichneten, hatte er, ohne sich zu schonen, alles erzählt. Auch über seine Beziehung zu Stans Schwester Corinna hatte er gesprochen.

Jasmin hatte zugehört, ohne ihn zu unterbrechen. Schließlich sagte sie: „Aber jetzt könntest du doch ..."

„Nein. Ich kann nicht damit aufhören, Lady. Noch nicht."

Dann hatte er ihr auch von seiner Mutter erzählt und von Silke, die er vor seinem gewalttätigen Vater schützen wollte. Und zuletzt von seinen Träumen, in denen auch sie vorkam. „Könntest du dir vorstellen, später einmal mit uns zu leben? Irgendwo – vielleicht in Frankreich oder Italien – weitab von einer großen Stadt? Ich möchte ein Haus kaufen, das einfach und gemütlich ist, vielleicht einen Weinberg haben oder ein kleines Gestüt, oder irgendetwas, nur keine Stadt mit Hektik und schlechten Menschen. Einfach leben. Könntest du das, Jasmin?" Sie hatte gesagt: „Ja. Mit dir kann ich das." Er hatte gespürt, dass es ihr damit sehr ernst war.

31.

Nach Schulschluss war Jasmin eine der Ersten, die das Gebäude verließen. David war mit dem Motorrad gekommen, und sie stieg, ohne lange zu fragen, hinter ihm auf. Sie wollte nicht beobachtet werden, fragte auch nicht, wohin er fuhr. „Wir könnten zu mir", rief er ihr zu. „Willst du?"

„Ja", schrie sie, damit er sie auch verstehen konnte, denn der Fahrtwind schluckte die Worte.

Wenig später stieg sie hinter ihm die Treppen hinauf. Es war ein einfaches und sauberes Haus, hätte aber dringend einer Renovierung bedurft. Sie war früher schon einige Male da gewesen, bei Immchen. Aber zu der Zeit hatte sie David noch nicht gekannt. „Meine Mutter sitzt heute bis um acht im Supermarkt an der Kasse", sagte er erklärend, als er die Wohnungstür aufschloss. „Dort haben sie gestern übrigens eingebrochen. Da muss ich auch noch was klären. Könnte sein, dass sich da was abspielt, wovon ich nichts weiß. Aber das kann ich erst abends erfahren."

Jasmin ahnte, dass er seiner Gang nicht traute, sagte aber nichts. Er brachte sie gleich in sein Zimmer. „So schön wie deins ist es nicht", sagte er entschuldigend. „Bin gleich wieder da. Mach's dir bequem."

Jasmin schaute sich um. Das schmale Zimmer war einfach eingerichtet, nur das Nötigste. An der Wand zwei Poster von teuren Autos. Das hohe Fenster zeigte zum Hof und auf die Mauer auf der gegenüberliegenden Seite. Da kam kaum ein Sonnenstrahl herein. Kein Wunder, dass David von einem ganz anderen Leben träumte, wo die Sonne schien und der Blick nicht an Mauern stieß. Sie hatte nicht lange Zeit, darüber nachzudenken. David kam wieder. Er hatte sich umgezogen, trug jetzt statt der Motorradkluft Jeans und Sweatshirt. „Schön, dass du einmal wenigstens hier bist. Davon kann ich dann richtig träumen, nicht nur davon, wie es wäre, wenn ..." Er zog sie an sich und küsste sie. Sie machte sich aber bald frei. „Davy, deshalb bin ich nicht hier. Es ist etwas passiert, das du wissen musst."

Er zog sie aufs Bett. Das war die einzige Möglichkeit, im Zimmer nebeneinander zu sitzen. Jasmin berichtete, was vorgefallen war. „Arne will den Verdacht auf dich lenken. Ich habe heute früh Pamela gefragt, die für mich gelauscht hat. Arne bestreitet, das Geld aus dem Safe genommen zu haben. Aber meine Mutter hat gestern Abend noch Immchen im Krankenhaus besucht. Unter Heulen hat die dann zugegeben, dass Arne viel Geld von ihr borgen wollte. Mein Vater hat keine Anzeige erstattet, weil es Schwarzgeld war. Jetzt hat Papa die Safekombination geändert. Aber Arne streitet nach wie vor alles ab und beschuldigt dich. Dieser Mistkerl von einem Bruder."

„Schöne Schweinerei!", fauchte David. „Und was nun?"

„Gestern sah es noch schlimmer aus, als ich dich anrief. Jetzt ist Papa unsicher geworden, ob es nicht doch Arne war. Aber ich habe den Ärger und soll mit dir Schluss machen."

David versuchte ein Lächeln. „Und? Machst du Schluss?"

Jasmin schob trotzig die Unterlippe vor. „Seh ich so aus?

Mit mir kann man so nicht umgehen." Sie schlang die Arme um seinen Hals und küsste ihn. „Ich liebe dich, Davy. Ohne dich möchte ich nicht mehr leben. Pass gut auf dich auf. Ich habe schreckliche Angst um dich."

David streichelte ihre Angst weg, aber umso größer wurde seine. Er presste sie an sich, als wollte er sie nie mehr loslassen. Als sie später atemlos nebeneinander lagen, breitete er eine leichte Decke über sie. Immer wieder ließ er seine Hand über ihren Körper gleiten. Er spürte, wie sie immer noch vibrierte. Da nahm er seine Hand von ihr. Er wollte wieder vernünftig denken können. Jasmin schloss erschöpft die Augen. Ihr Atem wurde ruhiger, und sie fiel in einen Halbschlaf. Sie spürte, wie David aufstand und das Zimmer verließ, danach hörte sie ihn telefonieren. Seine Stimme klang hart und befehlend.

Als er wiederkam, legte er sich leise neben sie. Er hatte jetzt die Jeans an, sein Oberkörper war unbekleidet. Jasmin betrachtete ihn aus halb geschlossenen Augen. Er war in ihren Augen der schönste Mann, den sie kannte. Weder Arne noch ihr Vater oder irgendein Junge aus ihrer Klasse hatte einen so durchtrainierten und braun gebrannten Körper. Das Gesicht war fast zu hart für einen Achtzehnjährigen, aber das gefiel ihr besonders. Sie drehte sich zu ihm und fuhr mit dem Zeigefinger von seiner Stirn über die Nase bis zum Kinn, dann über die Brust. Dort fing er ihre Hand ein und hielt sie fest.

„Was war denn?", fragte sie. „Du warst so heftig am Telefon."

David versuchte gar nicht, eine Ausrede zu erfinden. „Sie waren doch dabei. Lord und Ruppi. Und die Mädchen haben Schmiere gestanden. Jenny hat mal Aushilfe im Markt gemacht und alles ausgekundschaftet. Einen Bruch zu machen wegen Schnaps und Zigaretten, das muss man sich mal vorstellen! Wo sie jetzt jedes Mal ihren ordentlichen Anteil von mir bekommen. Es ging nicht ums Geld, es ging um den Kick. Sie langweilen sich!" David schnaufte vor Wut. „Damit gefährden sie unsere ganzen Aktionen."

„Vielleicht werden sie nicht erwischt", meinte Jasmin. „Aber du hast Recht. Sie langweilen sich und hecken hinter deinem Rücken allerhand Blödsinn aus. Du hast sie nicht im Griff. Lucky wird mehr Zeit für sie haben."

„Lucky fällt mir in den Rücken. Will mich ausschalten."

„Und wenn es so wäre? Davy, hör auf damit. Ich habe Angst, dass dir was passiert. Du bist volljährig. Sie sperren dich ein, wenn sie dich schnappen."

David zog sie an sich. „Hast du wirklich Angst um mich, Lady? Die schnappen mich nicht. Und wenn: Du weißt von überhaupt nichts, ist das klar? Den Jungs erzähle ich, dass mit dir Schluss ist. Da bist du raus aus der Sache. Schwöre mir, Jasmin. Du sagst, wenn sie mich irgendwie mal schnappen, nur das, was sie dir nachweisen können, und sonst weißt du von nichts. Streitest alles ab, was dir Lucky oder die anderen unterstellen. Schwör's mir!" Sie spürte, dass es ihm sehr ernst war. „Ich schwör es dir, Davy." Und dann sagte sie: „Ich halte immer zu dir, David. Jetzt stecke ich schon so weit drin, da kannst du mich nicht mehr rausschmeißen."

Er lachte heiser. „Ja, ich habe dich schon zu weit reingezogen. Aber es wird auch nichts passieren. Ich gehe kein Risiko mehr ein. Das verspreche ich dir."

„Versprich mir noch eins, nein, schwöre es mir auch: Wenn du dein Ziel erreicht hast, ist es genug."

„Ja, dann ist es genug", sagte er. „Aber eins möchte ich auch von dir wissen. Du wolltest doch erst nur deine Familie damit ärgern, dass du mich als Freund hast. Und jetzt? Warum lässt du mich nicht einfach sausen?"

„Weil ich dich liebe, Davy. Mehr als jeden anderen Menschen auf der Welt. Und das wird immer so sein."

„Mir geht es genauso." Und er dachte: „Ich hatte noch nie so viel Angst, einen Menschen zu verlieren. Manchmal denke ich, ich würde durchdrehen, wenn Jasmin mich verlässt." Er zog sie wieder aufs Bett. Es war kurz nach sieben, als Jasmin darauf drängte, nach Hause zu gehen. David gab ihr noch einen dicken Umschlag mit. „Verstecke es bei dem anderen Geld."

„Und wenn mir mal was passiert? Wie kommst du dann ran?" Sie hatte ihm das Versteck in ihrem Zimmer beschrieben.

„Dann muss Immchen mir helfen. Aber dir passiert schon nichts. Pass nur immer gut auf dich auf."

32.

Diesmal trafen sie sich in der stillgelegten Fabrik, in der sie schon als Zwölfjährige geheime Treffen hatten. Um allen von vornherein den Wind aus den Segeln zu nehmen, legte David gleich zuerst ein Bündel Geldscheine auf eine ausgeschlachtete Werkbank. „War eine günstige Gelegenheit. Ich musste schnell handeln. Hier ist euer Anteil. Lucky, teile es auf wie immer."

Damit hatte keiner gerechnet. Sie hatten sich von Stan aufhetzen lassen, dass David Geschäfte auf eigene Faust machte. Schnell griffen sie zu.

„So, und nun zu der andern Sache. Ruppi, Lord, ich will wissen, welcher Teufel euch geritten hat, in den Supermarkt einzubrechen. Wir hatten geschworen, dass während unserer Autoaktionen nichts anderes läuft, war euch das nicht klar?"

Ruppi und Lord hätten sich am liebsten verkrochen. „Ging doch kinderleicht", verteidigte sich Lord. „Jenny konnte sich einen Schlüsselabdruck verschaffen, hat ja mal dort Aushilfe gemacht. War ein Klacks. Du kannst uns nicht so gängeln, David, das ist ätzend. Immer nur warten, bis die nächste Aktion läuft, das halte ich nicht aus. Höchstens zweimal im Monat und dann nur ein paar Minuten. Ich krieg Entzugserscheinungen ..."

Die anderen nickten zustimmend. Bei diesem Treff waren keine Mädchen dabei. David ahnte das Problem, seit Jasmin gesagt hatte, dass sich die Jungen langweilen. Sie waren außer Jumbo und ihm alle arbeitslos oder ohne Lehrstellen. Der Kick war das, was ihnen ein bisschen Action ins Leben brachte, auch wenn es kriminell war und immer gefährlich.

Die anderen äußerten sich ähnlich wie Lord. Das hatte David nicht einkalkuliert. Er hatte nur an sein Problem gedacht. „Gibt es noch was, was ich wissen sollte?"

Sie beteuerten, dass inzwischen nichts stattgefunden hatte, was hätte gefährlich werden können. Aber David glaubte ihnen nicht. Er spürte auch Luckys lauernden Blick. Der wartete doch nur darauf, dass die anderen David absetzten. Es selbst zu sagen, traute er sich nicht. David gab ihm dazu auch gar keine Gelegenheit. „Was also schlagt ihr vor, damit ihr euren Adrenalinspiegel hochtreiben könnt? Autorennen? Eine Sprayertour? Trittbrettsurfen? Oder hat einer eine bessere Idee?"

„Was is'n Adrenalinspiegel?", wollte Jumbo wissen.

„Na der Superkick!", belehrte ihn Paulchen. „Wo du denkst, du gehst drauf. So wie beim Russischen Roulette."

„Das wär was! Könnten wir gleich hier machen. Hast du deinen Colt mit, David?" Lord war gleich Feuer und Flamme. Auch den anderen war anzusehen, dass sie sofort was erleben wollten. David dachte: „Wenn ich denen nicht gleich was biete, dann gibt's eine Revolte. Ich muss beweisen, dass ich der Gangboss bin." Mit undurchdringlicher Miene holte er die Pistole hinten aus dem Gürtel. Ohne Waffe wäre er zu dieser Zusammenkunft nicht gegangen. Bis auf eine Patrone nahm er alle aus dem Magazin. Sie handelten gemeinsam die Bedingungen aus. „Geschossen wird nur auf die Beine!", warnte David noch einmal. Derjenige, der schoss und derjenige, auf den geschossen wurde, mussten jeweils kurz vorher ausgelost werden. David unterstellte sich ebenso diesen Bedingungen. „Verrückt", dachte er. Aber es blieb ihm keine andere Wahl. Er konnte nur hoffen, dass keiner gut mit der Waffe umgehen konnte und traf.

Er kam als Zweiter dran. Lucky schoss. Man konnte ihm ansehen, wie enttäuscht er war, dass nichts passierte. David hatte gesehen, dass Lucky nicht auf die Beine zielte. Auch als Lucky dran war, kam kein Schuss. Bei Jumbo, der auf Lords Beine zielte, löste sich der Schuss aus der Waffe. Getroffen hatte er nicht, aber Lord wankte kreidebleich von der Mauer weg, an der er gestanden hatte.

„Aus!", sagte David. „Habt ihr nun genug?"

Eine Antwort bekam er nicht. Da steckte er die Pistole wieder hinten unter den Gürtel. Paulchen brach als Erster das verlegene Schweigen. „War echt stark, Davy. So was müssen wir öfters machen. Wenigstens so was Ähnliches."

Lucky meinte: „Ich könnte dir 'n tollen Schlitten zeigen. Steht direkt vor dem Haus deiner Lady."

David lachte höhnisch. „Noch nichts von 'ner elektronischen Wegfahrsperre gehört? Zu so einem Auto habe ich noch keinen von euch geschickt. Die zu knacken, da braucht man Spezialgeräte oder den Schlüssel. In allen teuren Autos ab Baujahr 95 sind diese Dinger drin. Und um die Blackbox auszubauen, brauchst du Stunden."

„Na und?" Lucky provozierte. „Das dürfte doch für dich kein Problem sein, an den Schlüssel ranzukommen."

„Den Zeitpunkt, wann der Wagen wegkommt, bestimme ich. Ist das klar? Da habe ich nämlich eine persönliche Rechnung offen. Daran versucht sich keiner von euch!" Seine Stimme war drohend geworden. Er spürte deutlich, dass Lucky ihn immer wieder provozierte.

„Habt ihr den Nachschlüssel vom Supermarkt ordentlich entsorgt?", fragte er Lord.

„Den findet kein Bulle", versicherte der und grinste.

„Meine Mutter sitzt dort an der Kasse", sagte David. „Kann sein, sie kommen auf mich, weil sie mich schon seit Jahren auf dem Kieker haben. Ich weiß von nichts und ihr natürlich auch nicht, ist das klar? Wo ist denn das Zeug eigentlich?"

„Bei mir", sagte Ruppi kleinlaut. „Und den Transporter haben wir wieder dahin gestellt, wo wir ihn ausgeborgt haben. Keine Fingerabdrücke, kannste wirklich glauben. Gummihandschuhe."

„Wäre besser, ihr bringt das Zeug außer Haus. Wenigstens vorläufig. Weiß jemand eine Möglichkeit? Muss absolut sicher sein."

„Ich übernehme das. Ich weiß ein gutes Versteck", versprach Paulchen. Sie waren alle ziemlich kleinlaut. Außer Lucky.

33.

Nach dem Nachmittag bei David hatte ihre Mutter gefragt: „Wieso kommst du so spät nach Hause?"

„War bei Elena. Wir haben Mathe gemacht." Sie dachte: „Na hoffentlich hat Mama nicht dort angerufen." Aber da Susanne Sperber nichts sagte, verdrückte sie sich schnell in ihr Zimmer. Sie musste Mittel und Wege finden, so oft wie möglich mit David zusammen zu sein. Arne reizte sie in letzter Zeit immer wieder und drohte sogar, David anzuzeigen.

„Und weswegen?", fragte Jasmin. „Er geht ehrlicher Arbeit nach und verdient sein Geld."

„Du weißt schon, warum!"

Diese Bemerkung verunsicherte Jasmin. Wusste Arne etwas von den Autodiebstählen? Oder irgendetwas, was die anderen aus der Wolfs-Gang angestellt hatten?

Inzwischen war Immchen aus dem Krankenhaus entlassen worden. David hatte erzählt, dass er Arne im Hausflur getroffen hatte. Was wollte der schon wieder bei Immchen? Sie befürchtete, dass sich da etwas zusammenbraute. Aber was?

Es waren Sommerferien, und Jasmin sollte wie jedes Jahr mit den Eltern in das Ferienhaus auf Sylt fahren. Vierzehn Tage ohne David. Allein mit den Eltern, die sich ständig stritten und immer noch glaubten, dass David das Geld aus Vaters Tresor gestohlen hatte. „Ich fahre lieber in den zwei Wochen zu Oma", sagte Jasmin. „Fahrt ohne mich. Ich hab's der Oma versprochen." Diese Ausrede fiel ihr gerade noch ein. Ihre Mutter schaute sie zweifelnd an. „Zu Oma? Freiwillig?" Jasmin nickte nur. „Jetzt muss ich schleunigst mit Oma telefonieren", dachte sie. Viel lieber wäre sie natürlich allein zu Hause geblieben, aber das hätten ihre Eltern nie zugelassen.

Auch David war ratlos. „An so was habe ich überhaupt nicht gedacht. Wie soll ich das nur aushalten." Er küsste Jasmin so heftig, dass sie leise aufschrie und sich von ihm frei machte.

„Hat dein sauberer Bruder nun endlich aufgehört, den Verdacht auf mich zu lenken?", fragte David. Als Jasmin nur den Kopf schüttelte, sagte er: „Das lass ich mir nicht gefallen."

„O Davy, bringe dich bloß nicht in Gefahr. Du hast schon genug auf dem Hals, die Gang mit Lucky, die Sache mit dem Supermarktmenschen, die Transporte nach Berlin ..."

Als Jasmin den Freund seiner Mutter erwähnte, verschloss sich Davids Gesicht. Dann sagte er aber doch: „Ich hatte im letzten Jahr immer ein Ziel: meine Mutter und Silke vor meinem Vater zu beschützen. Jetzt ist alles so sinnlos geworden. Sie braucht mich nicht mehr. Dabei weiß sie nicht einmal, dass sie mir meine Träume kaputtgemacht hat. Einfach so."

Sie saßen, wie so oft in letzter Zeit auf der Parkbank neben der Birke. Jasmin hatte sie mal ‚unsere Kummerbank' genannt, weil sie da oft Probleme besprachen. Es war ein schwüler Sommerabend. Sicher würde es in der Nacht noch ein Gewitter geben.

„Gibt es nicht dafür andere Träume, Davy?", fragte sie. „Träume, für die du dich nicht in Gefahr bringen musst. Mach doch Schluss mit den Autos, trenne dich von deiner Gang ..."

Er zog sie an sich und lachte, aber es klang bitter. „Und wo bleibt mein Kick, Lady? Vielleicht kriege ich dann auch Entzugserscheinungen, wie meine Jungs."

Jasmin fröstelte plötzlich, trotz der Schwüle. „Brauchst

du den Kick? Komm, wir hauen ab, wir beide. Irgendwohin, wo uns niemand findet. Geld haben wir doch genug."

Wieder lachte er, und wieder klang es bitter. „Du machst dich, Lady. Wäre schön. Viel zu schön. Aber ich habe da noch ein paar Rechnungen offen."

34.

Jasmin hatte es fertig gebracht, an seinem freien Nachmittag wieder zu David zu gehen. In drei Tagen würde Arne mit Vater aus Chemnitz zurück sein. Und dann sollte sie zu ihrer Oma fahren. Ihre Mutter hatte extra noch bei der Großmutter angerufen. „Ein Glück, dass ich vorher mit ihr telefoniert habe", dachte Jasmin. Es würde sich kaum noch einmal die Möglichkeit bieten, vorher mit David zusammen zu sein.

Es war still in der Wohnung, bis auf die leise Musik aus dem CD-Player. Sie lag auf seinem Bett und schaute ihn aufmerksam an. Er hatte sich verändert, seit sie ihn kennen gelernt hatte. Da war nichts mehr von dem unbekümmerten Jungen in seinem Gesicht, der sie vor dem Kino Lady genannt und später vor ihren Augen im Kaufhaus eine CD geklaut hatte. Wer sein Alter nicht wusste, hätte ihn jetzt glatt auf fünfundzwanzig oder noch älter geschätzt. Und wieder bewunderte sie seine Figur, sein Aussehen überhaupt. Wie er so dastand, mit bloßen Füßen und nacktem Oberkörper, nur mit einer knapp sitzenden Jeans bekleidet, hätte sie ihn am liebsten noch einmal aufs Bett gezogen, um ihm zu zeigen, wie sehr sie ihn haben wollte. Immer, nicht nur heute.

Gerade, als sie etwas sagen wollte, kam die leise Musik von der CD: Time to say goodbye ...

Jasmin konnte sich nicht mehr beherrschen und weinte, ohne aufhören zu können. David beugte sich bestürzt über sie. „Was ist denn? Hab ich was Falsches gemacht? Jasmin, ich liebe dich doch. Ich kann es nur nicht so zeigen. Bitte, hör auf zu weinen." Er nahm sie in die Arme und presste sie an sich, als ob er sie nie mehr loslassen wollte. „Die vierzehn Tage bei deiner Oma gehen auch vorbei", tröstete er sie. „Du rufst mich einfach jeden Tag an, und vielleicht kannst du ein paar Tage eher zurückkommen. Hör auf zu heulen, sonst heule ich gleich mit. Und ich hab lange nicht geheult, das kannst du mir glauben. Von meiner Gang hat mich noch keiner weich gesehen." Er küsste ihr die Tränen vom Gesicht. „Echt salzig", sagte er und verzog das Gesicht zu einer Grimasse, damit sie über ihn lachen sollte. Aber sie bettelte:

„Davy, mach Schluss mit den Autos. Du brauchst doch nicht mehr so viel Geld, jetzt wo ..." Sie brach ab, weil sie spürte, dass sie genau die falschen Argumente benutzt hatte, um ihn zum Aufhören zu bewegen.

David sagte eine ganze Weile nichts. Schließlich stellte er sich so ans Fenster, dass sie in dem schmalen hohen Rahmen nur seine Silhouette gegen das Licht sehen konnte. „Ich muss zuerst einen plausiblen Grund finden, um den Jungs klarzumachen, warum ich aussteige. Du kannst nicht von mir verlangen, dass ich Lucky ohne weiteres den Platz räume. Aber ich verspreche dir ganz fest, dass ich einen Grund finden werde. Bald. Und noch eins, Lady, darüber kannst du auch für mich nachdenken: Ich brauche eine Chance für mein zukünftiges Leben. Ich will nicht ewig Aushilfe an der Tankstelle bleiben."

Er kam wieder ins Zimmer und setzte sich zu ihr. „Und

jetzt ist Schluss mit deinen Grundsatzdiskussionen", lachte er. „Wir müssen das bisschen Zeit, das uns bleibt, doch noch nutzen."

Jasmin glaubte ihm sein Lachen nicht. Aber sie dachte: „Vielleicht sehe ich auch alles viel zu schwarz. David würde es sich nie verzeihen, vor seiner Gang das Gesicht zu verlieren. Dazu ist er zu stolz."

35.

Sie telefonierten jeden Abend miteinander. David hatte ihr zehn Telefonkarten geschenkt. „Gekauft, nicht besorgt. Soll ich schwören? Ist nämlich besser, du rufst mich an. Eine neugierige Oma wäre nicht gut." Sie hatten auf ihrer Bank im Park gesessen und sich nicht trennen können.

„Meine Mutter dreht durch, wenn ich jetzt nicht gleich heimgehe." Jasmin nahm die zu erwartende Standpauke in Kauf. „Was soll ich bloß vierzehn Tage ohne dich machen, Davy?"

„An mich denken, Lady. Und nun ab zu Mama!"

Sie vereinbarten eine bestimmte Zeit, zu der David sich zu Hause aufhielt, um ihren Anruf zu erwarten, und sie zur nahe gelegenen Telefonzelle laufen konnte.

Die Eltern waren schon eine Woche an der See, als Jasmin mitbekam, wie ihr Vater mit Oma telefonierte.

„Was war?", fragte Jasmin. Ihre Oma war ärgerlich. Gegen ihre sonstige Gewohnheit sagte sie wütend: „Arne braucht wieder Geld, viel Geld."

„Hat er was ausgefressen? Sag schon!" Jasmins Oma ließ sich nicht weiter ausfragen. „Lassen wir uns deshalb den

Tag nicht verderben. Das muss Arne mit deinem Vater selbst ausmachen."

Aber Jasmin lief zur nächsten Telefonzelle und rief Pamela an. Sie wollte wissen, was passiert war. „Pam, hier ist Jasmin. Was ist los bei euch?"

Pamela heulte gleich los. „Arne ist verrückt. Ich soll schon wieder geklaut haben." Pamelas Stimme war von ständigen Schluchzern unterbrochen. „Sogar geschlagen hat er mich. Er braucht dringend viel Geld und dreht durch."

„Heul nicht, Pam. Und wehre dich, wenn Arne dich noch mal schlagen will. Oder reiß aus und gehe zu Elena. Die wird dir helfen. Ich rufe sie gleich an. Sie ist schon aus dem Urlaub zurück."

„Nein, nicht Elena anrufen", sagte Pamela. „Ich wehre mich. Irgendwas stimmt nicht. Das muss ich rauskriegen. Aber Arne telefoniert nur mit dem Handy. Er geht auch nicht ins Büro. Und heute früh kam einer, der was von ihm wollte. Ich konnte nichts mitkriegen." Pam sprach jetzt sehr leise, fast flüsternd. „Aber ich passe auf. Sobald ich etwas weiß ..." Abrupt brach das Gespräch ab. Jasmin hörte noch einen erschrockenen Laut von Pamela, dann war der Hörer aufgelegt.

Am liebsten wäre Jasmin sofort zurückgefahren. Aber sie musste noch bleiben, vielleicht bekam sie ja doch noch heraus, wofür Arne schon wieder so viel Geld brauchte, denn jetzt führte ihre Oma Dauergespräche. Erst mit Arne, dann mit Jasmins Eltern. Jasmin lauschte. Sie bekam nicht viel mit, aber sie konnte sich einen Reim drauf machen. Von unterschlagenen Firmengeldern war die Rede und von einer Bürgschaft – und dann schloss Oma die Tür, weil sie bemerkt hatte, dass Jasmin die Ohren spitzte. Jannoschs Freund hatte also Recht gehabt mit der Behauptung, dass Arne sich in Berlin verspekuliert hatte. „Ich gehe ins

Schwimmbad", rief sie und verließ das Haus. Es tat ihr gut, einen Nachmittag für sich zu haben, mit niemandem reden zu müssen, nachdenken zu können. Ihre Gedanken wanderten immer wieder zu David. Sie konnte eine innere Unruhe einfach nicht loswerden. „Es wird mir besser gehen, wenn ich abends mit ihm telefoniert habe", beruhigte sie sich immer wieder. „Ich habe einfach Sehnsucht nach ihm und male mir aus, was ihm alles passieren könnte."

Sie rief sich die letzten Begegnungen mit David immer wieder ins Gedächtnis, spürte fast seine Zärtlichkeiten, seine manchmal heftig fordernde Liebe, seine Atemlosigkeit. Das alles war mit David in ihr Leben gekommen. Aber auch die Angst. Davor, dass er nicht aufhören konnte, kriminell zu sein. „Und ich mache mit", dachte sie. „Ich verstecke sein Geld, und ich würde sogar meinen Vater beklauen, wenn David noch mehr braucht. Ich bin auch nicht besser als Arne." David liebte seine Mutter und seine kleine Schwester maßlos, genauso wie er seinen brutalen Vater hasste. „Ich wünschte, er wäre tot!", hatte er gesagt. Nach allem, was er ihr über seinen Vater erzählt hatte, konnte sie seinen Hass verstehen. „Ich hatte keine glückliche Kindheit, immer war ich in Angst vor ihm. Schon wenn ich seine Schritte hörte, zuckte ich zusammen. Ich glaubte, ich würde diese Schritte noch hören, wenn ihn längst der Teufel geholt hätte."

Es war wieder eines ihrer langen Gespräche auf der Kummerbank gewesen. Jasmin hatte gefragt: „Glaubst du eigentlich an Gott, David? An eine gerechte Strafe für alles, was wir hier auf der Erde ausfressen? Oder an eine Belohnung, wenn wir ..." Beinahe hätte sie gesagt „uns an alle Regeln gehalten haben." Im letzten Moment verschluckte sie die letzten Worte.

„Ich weiß nicht, wann ich zuletzt in der Kirche gewesen

bin, zumindest nicht, wenn ein Pfarrer gepredigt hat. Das muss ewig her sein. Es kam mir immer so verlogen vor, so als glaubten die selber nicht, was sie uns einreden wollten. Aber vielleicht brauchen manche Leute solche Märchen. Weißt du, ich habe solche gekannt, die kein Dach über dem Kopf hatten, im Winter froren und sich mit Fusel wärmten. Denkst du, da hat sich mal einer von denen sehen lassen? Die hätten Hilfe genauso nötig gehabt wie die hungernden Kinder in Bosnien oder sonst wo. Also, wenn du das meinst: An irdische Gerechtigkeit glaube ich schon lange nicht mehr. Warum soll ich da an einen Gott glauben, der das alles zulässt? Oder Mitleid mit Jesus haben, den sie ans Kreuz genagelt haben? Inzwischen hat die Menschheit doch bewiesen, dass sie noch viel grausamer sein kann. Auch mit Unschuldigen."

„Ich hatte mal eine Freundin", erzählte Jasmin. „Nein, nicht Elena. Die kam viel später. Mit Sara habe ich viel über solche Dinge gesprochen, weil sie todkrank war und das auch wusste." Jasmin lachte verlegen. „Wir haben vereinbart, dass ich trotzdem mit ihr sprechen kann. Daran glaube ich fest. Ich müsste nur in mich hineinhören. Manchmal mache ich das auch. Dann bilde ich mir ein, dass es funktioniert. Sie starb vor zwei Jahren an Leukämie."

„Na wie praktisch", spottete David. „Sogar ohne Telefongebühren. Aber was hat das mit Gott zu tun, der sich nicht mehr um uns kümmert? Der hat längst die Nase voll von der Menschheit, die er mal erschaffen haben soll."

„Sara sagte: Was hier alles schief läuft, haben die Menschen allein zu verantworten. Wir haben unseren freien Willen mitbekommen. Was wäre das für ein Gott, der uns am Gängelband hält. Möchtest du so einen?"

Nachdenklich geworden, antwortete David: „Nein. Du beispielsweise hast ja schon von deinen Eltern genug, die dich zum Funktionieren erzogen haben. Und wie ist das mit der Bestrafung in der Hölle? Probier's gleich gar nicht im Himmel, wenn du mich suchst." Wieder das spöttische Lachen. Jasmin vermutete, dass er dahinter nur seine Gefühle verbergen wollte. „Das meine ich auch nicht, Davy. Ich dachte mehr daran, dass einem von uns was passiert. Ich fände es schon tröstlich, wenn wir dann eine Möglichkeit hätten, uns wenigstens gedanklich zu treffen."

„Was du für Ideen hast. Noch gedenke ich nicht, den Löffel abzugeben. Ich habe nur im Moment keine Ahnung, wie es mit mir weitergehen soll. Mir fehlt ein Ziel im Leben, verstehst du. Wenn ich jetzt alles aufgeben soll, was ich bisher gemacht habe, bleibt zu wenig übrig."

Das alles klang verbittert. Jasmin schmiegte sich eng an ihn. „Ich glaube an etwas, das über uns ist", sagte sie. „Ist doch egal, wie sie es nennen: Gott, Schicksal, Allmacht. Aber du kriegst von niemandem eine vernünftige Antwort darauf."

„Warum denkst du ans Sterben?", fragte David. „Hast du solche Angst um mich? Ich verspreche dir, dass ich Himmel und Hölle in Bewegung setzen werde, um von da oben mit dir zu telefonieren, wenn ich vor dir beim Petrus anklopfe." Er lachte belustigt. „In welcher Währung muss man da den Apparat füttern? Steck mir bloß eine Telefonkarte in die Tasche."

„Du nimmst mich nicht ernst", beschwerte sie sich. „Es könnte ja auch ich sein, die zuerst gehen muss."

„Bloß nicht. Ich käme sofort hinterher!" Danach hatten sie eine Weile herumgealbert und „was wäre wenn" gespielt. Aber Jasmin war das Gefühl nicht losgeworden, dass David damit seine Probleme verdrängen wollte.

Jasmin hielt es auch im Schwimmbad nicht aus. Sie packte plötzlich ihre Badesachen ein, lief zur nächsten Telefonzelle und rief David in der Tankstelle an, weil sie ihn zu Hause nicht erreichte, auch nicht über sein Handy, das er für seine Berlin-Fahrten benutzte.

Sie stotterte heiser vor Aufregung: „Ich – ich bin's. Ist alles in Ordnung?"

David erkannte sie sofort an der Stimme. „Alles in Ordnung, Lady. Heute Abend erreichst du mich nicht. Mach dir keine Sorgen." Neben den Geräuschen an der Tankstelle hörte sie aus seinem Walkman das Lied, das sie schon einmal in Panik hatte geraten lassen: Time to say goodbye. Plötzlich brach die Musik ab. „Ruf mich in einer Stunde zu Hause an, ja. Ich habe 'ne tolle Idee. Bis dann."

Jasmin zählte die Minuten, bis sie ihn anrufen konnte. Er meldete sich auch sofort.

„Was für eine Idee?", fragte Jasmin ungeduldig. Er lachte. „Riskierst du was für uns? Dann möchte ich, dass wir uns morgen Abend bei Jannosch in Berlin treffen. Pack das Wichtigste ein. Geht das, Lady?"

„Ja, ja." Jasmin konnte kaum den Kugelschreiber halten, mit dem sie Adresse und Telefonnummer von Jannosch auf einen Zettel kritzelte.

„Okay, ich komme, Davy. Ganz bestimmt. Ist irgendwas passiert?"

Wieder lachte er. „Es passiert immer was. Ich verlass mich darauf, dass du kommst, Lady."

„Davy, ich liebe dich."

Jasmin hätte gern mehr gefragt, aber David legte den Hörer auf. Sie hatte noch sein Lachen im Ohr. Aber mit seinen Andeutungen kam sie nicht klar.

War etwas geschehen? Musste er abhauen und wollte sie mitnehmen? Manchmal hatten sie von der Möglichkeit gesprochen, einfach irgendwo unterzutauchen, wenn ihm das Pflaster zu heiß wurde. War das der Fall? Und er hatte auch gesagt: „Wenn ich gehe, dann gehst du mit, Lady. Versprochen?"

War es jetzt so weit?

Jasmin machte einen Plan, wie sie von ihrer Oma wegkommen konnte. „Bevor Oma morgens aufwacht, muss ich schon im Zug sitzen", dachte sie. „Aber ich muss erst heimfahren. Wir brauchen das Geld. Wird es auch reichen? Wer weiß, was David vorhat."

Jasmin kannte auch die neue Kombination, mit der ihr Vater seinen Safe sicherte. Sie war fest entschlossen, eine größere Summe zu nehmen. Arne hatte sich ja auch bedient. Die Eltern würden nicht gleich an sie denken, wenn das Geld fehlte.

„Oma werde ich einen Zettel hinterlassen", nahm sie sich vor. „Darauf schreibe ich, dass ich dringend nach Haus müsste. Wegen Arne. Das ist eine glaubhafte Erklärung. Und bevor sie anruft, bin ich über alle Berge."

„Pack das Wichtigste ein", hatte er gesagt. Meinte er damit das Geld?

Trotz aller Grübelei kam sie nicht dahinter, was David vorhatte. Sie nahm ein Taxi vom Bahnhof nach Hause. Es war niemand da, weder Arne noch Pamela. Jasmin war froh darüber. Auch Pamela hätte sie beschwindeln müssen. So aber konnte sie schnell ihre Sachen einpacken. Sie nahm nur wenig mit, holte Davids Geld aus dem Versteck und öffnete den Safe ihres Vaters. Ohne zu zählen, nahm sie ein Bündel Geldscheine heraus und verschloss den Safe wieder. Dann rannte sie zur nächsten Taxihaltestelle, fuhr zum Bahnhof und nahm einen Zug nach Berlin. „Ich werde viel zu früh dort sein", dachte sie. Es war gerade Mittag.

36.

David hatte kein gutes Gefühl. Ihm war es nicht recht, dass Lucky diesmal so aktiv gewesen war, die Überführung eines 7er-BMW nach Berlin vorzubereiten. Aber schließlich verdrängte er sein Misstrauen gegen Lucky. „Ich sehe ja schon Gespenster", dachte er. Er freute sich auf das Wiedersehen mit Jasmin und darüber, dass sie ohne große Fragerei sofort bereit gewesen war, sich mit ihm bei Jannosch zu treffen. Er wusste, sie würde sich deswegen Ärger einhandeln. Aber es tat ihm auch gut zu spüren, wie sehr sie ihn liebte. Er dachte: „Wird wirklich Zeit, dass ich aufhöre. Jasmin hat Recht." David wusste auch schon, wie er aussteigen konnte. Jumbo war in einer Spielothek aufgefallen, als er einen Automaten plündern wollte. Der Besitzer hatte die Polizei gerufen, und Jumbo war vorübergehend festgenommen worden. Er spielte das in der Wolfs-Gang herunter. Aber es war eine Disziplinlosigkeit, die gefährlich werden konnte. Das war Grund genug, mit der Gang Schluss zu machen, ohne das Gesicht zu verlieren. Jetzt war es ihm auch gerade recht, dass Lucky ohnehin alles an sich reißen wollte.

„Ich werde das so schnell wie möglich hinter mich bringen", nahm David sich vor. „Die Lady wird erleichtert sein", dachte er amüsiert. „Und mir bleiben noch genug Probleme, mit denen ich fertig werden muss."

Als er sich am zeitigen Abend für die Fahrt fertig machte, steckte er routinemäßig die Pistole in seinen Gürtel. „Tschüss, Mütterchen. Ich schlafe heute bei Jasmin."

„Ich denke, die ist noch im Urlaub?" Karla Wolf hatte Jasmin einmal kennen gelernt, als sie früher als geplant nach Hause gekommen war. Das Mädchen gefiel ihr, und sie hoffte, dass Jasmin einen guten Einfluss auf David ausübte.

„Jasmin ist wieder da", sagte David leichthin. „Gott sei Dank." Er lachte dabei. Dann nahm er Silke hoch, die schon im Nachthemd im Wohnzimmer herumtanzte und gab ihr einen Kuss.

Lucky wartete schon an der Ecke. Alles andere war Routine: den Wagen abholen, Lucky hatte diesmal nur andere Nummernschilder besorgen sollen, umsteigen, losfahren. Auf der Autobahn sah er Lucky auf dem Motorrad im Rückspiegel. Er ließ ihn auch mal überholen, gab dann wieder Gas. Das Auto machte ihm Spaß. So eins wollte er auch gern einmal haben. Das Geld, das er bei Jasmin deponiert hatte, würde längst dafür reichen. Aber ein Risiko wollte er nicht mehr eingehen. Lucky hatte darauf bestanden, mit dem Motorrad hinterherzufahren. „Er muss ja nicht wissen, dass die Lady bei Jannosch auf mich wartet, und dass ich aussteige, erfährt er noch früh genug."

Er dachte: „Höchste Zeit, dass ich mich um die Zukunft kümmere und meine Zeit nicht mehr mit riskanten Dingen verbringe, die mich leicht auch hinter Gitter bringen könnten." Die heutige Fahrt würde die letzte sein. Jannosch konnte ja in Zukunft mit Lucky arbeiten, wenn er ihm traute.

David traute Lucky nicht ein bisschen. Der war in letzter Zeit zu zahm gewesen, was nicht seine Art war. Wollte er ihn in Sicherheit wiegen, um dann die Führung der Gang an sich zu reißen? Statt Wolfs-Gang dann Lucky-Gang?

Über diesen Gedanken verringerte David seine Aufmerksamkeit, sonst hätte er längst bemerkt, dass Lucky nicht mehr im Rückspiegel zu sehen war. Stattdessen fuhr ein Polizeiauto knapp auf, dahinter noch eins. Sie deuteten ihm an, den kleinen Parkplatz, der in hundert Metern Entfernung durch ein Hinweisschild angekündigt wurde, anzufahren.

David geriet in Panik, was ihm sonst nicht so schnell passierte. Er zog seine Pistole und gab Gas. „Die erwischen mich heute nicht", war sein nächster Gedanke. „Nicht bei meiner letzten Fahrt." Er raste am Parkplatz vorbei, die Polizeiautos hinterher. Aber er konnte sie nicht abschütteln. Der 7er-BMW war schnell, aber die Verfolger auch. Als er das Gaspedal bis zum Anschlag durchtrat, jaulte der Motor auf. Wo war Lucky geblieben?

Die Jagd ging kilometerweit, ohne dass sich der Abstand verringerte. „Die dürfen mich nicht erwischen!" Voller Panik ließ David das Fenster herunter und schoss auf die Reifen des vorderen Polizeiautos. Dabei verlor er die Kontrolle über sein Fahrzeug und durchbrach die Leitplanke. Mitsamt dem Wagen stürzte er eine steile Böschung hinunter.

Er spürte keinen Schmerz, nur sekundenlang war ein unglaubliches Staunen in ihm. „Ist so Sterben?" Jasmins Bild war plötzlich da. „Goodbye, Lady!", dachte er. Nicht traurig, eher ein bisschen spöttisch. Sein letztes Gefühl war eine unglaubliche Helligkeit, die von den Flammen kam, in denen er mit dem Auto verbrannte.

Als ihn die Polizisten aus dem Auto zerrten, war er bereits tot. Oben auf der Autobahn fuhr Lucky hinter anderen Autos langsam an der Unfallstelle vorbei. Ihm wurde übel, und er musste sich beherrschen, nicht zu kotzen. „Das habe ich nicht gewollt", dachte er. Sie sollten ihn nur schnappen und einbuchten, deshalb hatte er anonym angerufen und die Nummer des falschen Autokennzeichens verraten. Am nächsten Parkplatz musste er tatsächlich halten. Die Übelkeit war schlimmer geworden. Er riss den Motorradhelm vom Kopf und erbrach sich. Seine Arme und Beine zitterten. Lange saß er dann auf einer Bank, bevor er sich so weit wieder im Griff hatte, dass er weiterfahren konnte. Er beschloss, zuerst Stan aufzusuchen. David musste ja einen Nachfolger bekommen. Und das wollte er sein. Auf jeden Fall. „Wie bringe ich das nur den anderen bei?", dachte er. „Niemand darf erfahren, dass ich David bei den Bullen verpfiffen habe."

37.

Erst am Abend ging Jasmin zu Jannosch. Sie wollte nicht so lange mit ihm allein sein. David brauchte bestimmt ein paar Stunden von Frankfurt nach Berlin. „Hoffentlich geht alles gut", dachte sie. Und dann: „Wenn ich nur wüsste, was er vorhat, was passiert ist. Am Telefon konnte er bestimmt nicht darüber reden, sonst hätte er wenigstens eine Andeutung gemacht."

Bevor es dunkel wurde, nahm Jasmin ein Taxi und ließ sich zu Jannosch fahren. Sie hatte Angst, mit so viel Geld in dieser fremden Stadt herumzulaufen. Immer wieder war von Überfällen und Raub zu hören. Ihr sah man bestimmt an, dass sie fremd war und unsicher. Außerdem wusste sie nicht, wie sie sonst zu Jannosch kommen sollte. Fragen wollte sie niemanden.

Als Jannosch auf ihr Klingeln die Korridortür öffnete, klopfte ihr Herz. Sie wusste von David, dass Jannosch schwul war und sich früher Hoffnungen gemacht hatte, Davids Freund zu werden.

„Hallo, ich bin Jasmin", sagte sie.

„Komm rein. Ich habe schon auf dich gewartet."

Die Wohnung war gut eingerichtet und ordentlich. „Hast du Hunger? Ich mach dir gleich was."

„Nein. Nicht nötig. Ich habe schon gegessen. Wenn David kommt ..."

„Der müsste nach meiner Berechnung bald hier sein", sagte Jannosch freundlich. „Er ruft immer an, wenn er in Berlin eintrifft. Du weißt Bescheid?"

„Ja." David hatte ihr nicht gesagt, wie sie auf Jannoschs Fragen antworten sollte, deshalb blieb Jasmin einsilbig. „Wie heißt du mit Vornamen?", fragte sie, um Jannosch abzulenken. Sie spürte auch seine Nervosität.

„Ich heiße Armin. Hat dir David das nicht gesagt?"

„Doch", schwindelte Jasmin. „Ich hatte es nur vergessen."

Das Warten nervte nicht nur Jannosch. Nach fast zwei Stunden klingelte endlich das Telefon. Jasmin atmete auf. „Na also", dachte sie. Jannosch telefonierte im Flur. Er sprach leise und aufgeregt. Als er wieder ins Zimmer kam, wirkte er verstört.

„Ist was passiert?", fragte Jasmin.

Jannosch setzte sich in den Sessel und hielt sich die Hände vors Gesicht. Er weinte.

„Was ist los? Sag schon!"

Endlich war Jannosch im Stande zu reden. Über sein Gesicht liefen Tränen. „Stan hat angerufen. Er kommt nachher vorbei. Lucky war bei ihm, ist aber sofort zurückgefahren. Er hat's gesehen ..."

„Gesehen? Was gesehen? Ist was mit David passiert? Haben sie ihn geschnappt – oder was ..."

Jasmin war aufgesprungen und stand nun vor Jannosch, der kaum sprechen konnte. „David ... er ist verunglückt. Tot."

Ungläubig starrte Jasmin auf den weinenden Mann. „David? Tot?" Dann brach sie bewusstlos zusammen. Als sie wieder zu sich kam, lag sie auf der Couch. Jannosch hatte eine Decke über sie gebreitet. Wie aus weiter Ferne hörte sie ihn mit einem anderen reden. Sie sprachen leise, waren auch in einem anderen Zimmer. Nur allmählich war Jasmin in der Lage, zu begreifen, was die beiden sprachen. „ ... er war sofort tot, hat Lucky gesagt. Er hat gesehen, wie das Auto total ausbrannte. Aber er musste weiterfahren, an der Unfallstelle durfte keiner halten."

„David war doch ein so sicherer Fahrer", wandte Jannosch ein. „Wie konnte ihm das passieren, Stan?"

„Lucky sagte, die Bullen waren hinter David her. Er musste ja mit seinem Motorrad in größerem Abstand hinterherfahren. Das war so ausgemacht. David ist wie ein Irrer losgerast ..."

„Oh Gott!", stöhnte Jannosch. „Davy tot. Ich kann das nicht begreifen. Und wir haben auf ihn gewartet, seine Freundin und ich."

„Wer?" Stan reagierte aggressiv. „Hat er etwa diese Lady hierher bestellt? Was weiß sie? Sag schon!"

„Sie wollten sich nur hier treffen, um sich ein paar schöne Tage in Berlin zu machen", beschwichtigte Jannosch den anderen. „Ich denke, sie weiß nichts. Zumindest nichts Genaues."

„Sorg dafür, dass die Tussi nicht quatscht!" Stan war lauter geworden. „Weißt du, was die für eine Gefahr für uns ist? Dann ist's nämlich auch mit deinem feinen Leben aus, Jannosch. Ich hab keine Lust, wegen der in den Knast zu gehen ..."

Jannosch redete leise auf Stan ein. Jasmin konnte nichts mehr verstehen. Sie wollte auch nichts mehr hören. In ihren Kopf war nur noch ein Gedanke: „David. Er ist tot. In einem Auto verbrannt. Ich werde ihn nie mehr wieder sehen."

Sie nahm kaum wahr, dass Jannosch wieder ins Zimmer kam. Er hatte ein Glas Wasser in der Hand und gab ihr eine

Tablette. „Damit du schlafen kannst, Lady. Morgen reden wir darüber, was jetzt werden soll." Jannosch wischte sich über die Augen. „Du musst wissen", sagte er, „ich hatte David auch sehr gern."

38.

Jasmin blieb fast eine Woche bei Jannosch. Sie hatte einen Nervenzusammenbruch, als sie begriff, dass David tatsächlich tödlich verunglückt war. Jannosch konnte sie kaum beruhigen. „Ich hole einen Arzt", sagte er. Doch dann brachte er Tabletten. „Musste ich auch mal nehmen", erklärte er. „Aber die sind stark. Wenn du nicht willst ..." Jasmin nahm gleich zwei. Ihr war alles egal, nur das Denken sollte aufhören. Die Vorstellung, dass David in den Flammen des Autos verbrannt war, brachte sie fast um den Verstand. Die starken Beruhigungstabletten wirkten bald. Jannosch setzte sich zu ihr. „Weiß jemand, wo du bist?", fragte er. Schon im Halbschlaf schüttelte sie den Kopf. „Nur David ..." Es war, als versinke sie in einem riesigen Watteberg.

David war plötzlich in ihren Traumgedanken. Er stand da, die Hände in den Taschen seiner Jeans vergraben und grinste: „Du hattest doch nicht etwa Angst um mich, Lady?"

„Doch, große Angst. Aber jetzt bist du ja wieder da."

„Beeil dich, Lady, wir müssen los."

Sie saß hinter ihm auf dem Motorrad. „Wohin fahren wir?"

„Ans Meer."

Sie liefen barfuß durch den Sand. David hielt ihre Hand und zog sie ins seichte Wasser. „Komm, wir laufen nach Amerika oder nach Australien. Da findet uns mein Vater nie. Uns nicht und meine Mutter und Silke auch nicht. Wir kaufen uns eine Farm von dem vielen Geld."

„Und der Supermarktmensch? Der lässt doch deine Mutter nicht einfach auswandern! Noch dazu zu Fuß übers Meer. Sieh mal, dort hinten ist das Wasser schon ziemlich tief."

David lachte nur. Er bückte sich und hielt ihr auf der flachen Hand einen schön gemaserten Stein hin. „Schau, den ersten Stein für unser Haus haben wir schon ..."

Das Traumbild verblasste. Wieder in einem Halbschlaf versuchte sie, David in ihren Gedanken zu suchen. Aber der Traum kam nicht wieder. Sie ließ es zu, dass sie erneut in dem Watteberg versank. Da hörte sie Davids Stimme wieder.

„Ich hätte dich davon abhalten sollen", sagte sie. „Die denken bestimmt alle, dass du meinetwegen so viel Geld gebraucht hast. Wie damals bei Cora."

„Unsinn, Lady. Es war mein Traum. Ich wollte Mutter und Silke vor meinem Alten in Sicherheit bringen. Das weißt du doch ganz genau. Aber sie brauchen mich nicht mehr. Sie haben den Supermarktmenschen. Obwohl – ich traue dem nicht."

„Was machen wir jetzt mit dem vielen Geld, Davy? Soll ich's deiner Mutter geben?"

„Bloß nicht. Die erschreckt sich zu Tode."

„Was soll ich damit machen?"

„Lass dir was einfallen, Lady. Aber halt dich aus der Sache raus."

Plötzlich hatte Jasmin das Gefühl einer schmerzenden Helligkeit. Das brennende Auto – die Flammen schlugen über David zusammen. Verzweifelt versuchte sie, ihn aus dem Auto zu ziehen ...

Sicher hatte Jasmin geschrien, denn Jannosch stand neben ihr und schüttelte sie. „Wach auf, Lady. Du hattest einen schlimmen Traum!"

Nur langsam fand sich Jasmin in der ihr fremden Umgebung zurecht.

„David. Er ist tot? Oder habe ich das nur geträumt?"

Jannosch nickte nur.

„Wie lange habe ich geschlafen?"

„Vier Tage. Wird dich deine Familie nicht vermissen?"

Die Realität kam brutal auf sie zu. „Ich fahre nach Hause", sagte sie. „Danke, dass ich hier bleiben durfte."

„Du kannst gern noch bleiben", bot Jannosch an.

„Ich werde anrufen. Aber ich brauche noch Zeit."

Jannosch war rücksichtsvoll, aber sie spürte doch, dass sie seinen täglichen Ablauf störte. Er telefonierte viel, ging aber dabei aus dem Zimmer. Jasmin wollte auch nicht wissen, mit wem er sprach. Nur einmal sagte er: „Lucky und die anderen sind von der Polizei ausgefragt worden. Können die mir gefährlich werden?"

Jasmin erschrak. Dann sagte sie: „Sie werden alles auf David schieben. Dich werden sie sicher nicht belasten."

Und dann: „Morgen bist du mich los. Danke. Für alles."

Jasmin befreite sich aus dem Watteberg, in den sie gefallen war. Es schmerzte. Nun konnte sie die Gedanken an das, was geschehen war, nicht mehr verdrängen. David war tot. Verbrannt im Wrack des Autos, das er gestohlen hatte.

Fragen kamen. Auch die konnte sie nicht ignorieren. Wieso war die Polizei ihm auf die Spur gekommen? David war doch immer so vorsichtig gewesen. Und wieso war Lucky so knapp hinter ihm gefahren? Wenn David mit einem von der Gang auf dem Motorrad zurückfuhr, dann hatten sie sich doch erst in Berlin getroffen. Das hatte David ihr wenigstens so erklärt.

Die Fragen, auf die sie keine Antwort wusste, machten Jasmin vollends wach. Jetzt hörte sie auch genauer hin, wenn Jannosch telefonierte. Aber der sollte nicht merken, wie aufmerksam sie jetzt alles verfolgte. Deshalb tat sie, als ob sie wieder schliefe, als Jannosch ihr ein Glas Saft hinstellte. Aus halb geschlossenen Augen beobachtete sie ihn. Er schien den Schock über Davids Tod bereits verwunden zu haben.

Einmal kam ein junger Mann, den Jannosch überfreundlich begrüßte, dann aber schnell verabschiedete. „Morgen, komm morgen wieder, bitte. Wir holen alles nach."

Und dann Telefonate, in denen es sich um Geschäfte handelte. Alles drehte sich um Autos. Ein Gespräch wurde in einer für Jasmin fremden Sprache geführt. „Das ist sicher Polnisch", dachte sie. Auch Stan ließ sich wieder blicken. Er blieb im Korridor, kam nicht ins Zimmer, sondern zog Jannosch mit sich nach draußen. Nach ein paar Minuten war Jannosch wieder zurück. Jasmin stellte sich schlafend.

Aber ihre Wut wuchs. „Alles geht weiter wie bisher. Sie tun, als wäre David nicht für ihre miesen Geschäfte gestorben. Statt seiner wird ein anderer Autos nach Berlin bringen. Jannosch verschiebt sie dann weiter, nach Polen wahrscheinlich oder nach Russland. Kaum ein Risiko für ihn. Dafür hat er bestimmt auch Leute, die ihren Kopf hinhalten.

Wie David. Er wollte auch Geld verdienen, viel Geld. Und er ging volles Risiko ein. Er bezahlte mit seinem Leben.

„Damit hast du nicht gerechnet, Davy!"

Sie hörte in ihren Gedanken plötzlich wieder seine Stimme. „Damit musste ich auch rechnen, Lady. Du weißt ja, wofür ich das Geld brauchte."

„Ja, ja. Weiß ich", dachte Jasmin. „Aber vielleicht wäre da auch eine andere Möglichkeit gewesen. Du hast ja selbst gesagt, dass deine Mutter und Silke jetzt den Supermarktmenschen haben. Du hättest damit Schluss machen können."

Und dann: „Ich hätte dich daran hindern müssen, weiterzumachen. Dann wäre das Schreckliche nicht passiert."

Ihre Gedanken verdrängten die Trauer. Das Verhalten von Jannosch machte sie zornig. Aber sie ließ es sich nicht anmerken. „Ich muss mehr erfahren", dachte sie. „Die tun, als hätte es David nie gegeben. Machen einfach so weiter wie bisher."

Ein Schreck durchfuhr sie, als sie an das viele Geld in ihrer Tasche dachte. Nicht nur Davids Geld, sondern auch das, was sie aus dem Safe ihres Vaters gestohlen hatte.

Sie stand auf und holte ihre Tasche. Aufatmend stellte sie fest, dass alles noch vorhanden war. „Na, wenigstens das", dachte sie. Abends aß sie mit Jannosch, der erleichtert wegen ihrer baldigen Abreise war. „Hast du genug Geld für die Rückfahrt?"

„Ja. Mach dir darum keine Gedanken." Dann fragte sie: „Wie geht's denn nun weiter? Ich mein, mit den Autos."

Jannosch druckste ein bisschen herum. „Wird schwierig. Läuft nichts, wenigstens momentan nicht. Die Bullen haben Luckys Gang schwer im Visier."

„Luckys Gang." Jasmin schluckte. „Der hat sich ja beeilt", dachte sie. Ihr Verdacht, dass Lucky seine Hand im Spiel gehabt haben könnte, verstärkte sich.

„Weißt du was Genaues?"

„Sie sind alle verhört worden, hat Stan gesagt. Ich will nicht in Erscheinung treten, versteh das bitte. Und Stan muss auch vorsichtig sein. Falls die Bullen auch dich ..."

„Ich weiß von gar nichts", sagte Jasmin schnell. „David

hat mich da immer rausgehalten. Ich hab sogar deine Adresse vergessen, Armin. Wie komme ich denn morgen zum Bahnhof?"

„Ich setze dich sogar in den Zug, Lady." Jannosch war erleichtert. „Hast du nicht eine Freundin, bei der du gewesen sein könntest?"

„Ich könnte ja ein bisschen getrampt sein, mal da, mal dort."

Jannosch nickte. „Bloß für den Fall, dass sie dich auch krallen."

„Woher sollte denn die Polizei von mir wissen, wenn mich Lucky oder die anderen nicht erwähnen?"

„Damit solltest du aber rechnen, Lady. Einer von den Jungs hat David verpfiffen. Pass gut auf dich auf!"

40.

In Hannover stieg Jasmin in den ICE. Der Zug war zu dieser Tageszeit nur mäßig besetzt. Jasmin setzte sich im Großraumwagen auf einen Fensterplatz. Neben ihr saß niemand. „Und was jetzt?", dachte sie. „In ein paar Stunden werde ich zu Hause sein, dann geht das Theater los. Sie werden fragen, fragen. Und ich weiß keine Antworten. Auf meine Trauer um David wird niemand Rücksicht nehmen."

Dann fiel ihr ein: „Sie werden mich gesucht haben. Vielleicht eine Vermisstenanzeige aufgegeben haben. Von Davids Tod werden sie ja gehört haben. Oder nicht?" Sie beschloss, zu Hause anzurufen, um wenigstens aus einer ersten Reaktion ihre Schlüsse ziehen zu können. Beim Schaffner kaufte sie sich eine Telefonkarte, dann ging sie zu dem Wagen mit dem Zugtelefon. Ihr Herz klopfte stark. Sie spürte es bis in den Hals. „Vielleicht ist Pam am Apparat", dachte sie. Nach dreimaligem Klingeln meldete sich ihr Mutter.

„Mama, ich bin's. Jasmin."

„Gott sei Dank, Kind. Wo bist du denn? Bist du gesund? Ist dir was passiert?"

Jasmin hörte die Sorge ihrer Mutter aus den hektischen Fragen.

„Ich komme heute nach Hause. Ich bin in Ordnung."

„Wo bist du? Warst du mit ..."

„Mama, später." Dann hängte Jasmin ein.

Als sie wieder auf ihrem Platz saß, dachte sie: „Noch wissen sie nichts. Ich kann mir noch eine Ausrede einfallen lassen. Aber wozu? Dann müsste ich ja immer lügen und David verleugnen. Nein, das mache ich nicht. Ich werde ihn nicht im Stich lassen." Niemand beobachtete sie, als sie bitterlich weinte. Nicht einmal bei Jannosch hatte sie so weinen können.

Als sie in Frankfurt aus dem Zug stieg, hatte sie sich einigermaßen beruhigt. Sie hatte Angst vor dem, was nun auf sie zukommen würde. Das musste sie allein durchstehen, niemand würde verständnisvoll reagieren. Sie beschloss, zuerst ihre Freundin Elena aufzusuchen. Vielleicht würde sie da wichtige Informationen bekommen und ihr Verhalten darauf einrichten können. Noch vom Bahnhof aus rief sie Elena an.

„Ich muss mit dir reden."

Elena fragte nichts. „Komm her. Aber ich bin nicht allein."

„Hol mich von der S-Bahn ab. Bitte."

Sie gingen in den Park und setzten sich auf eine Bank. Dort, wo Jasmin so oft mit David gesessen hatte, gingen sie vorbei. Nein, auf dieser Bank wollte Jasmin künftig nur allein sitzen.

Sie erzählte Elena, was sie wissen musste, dann fragte sie. „Was hast du hier erfahren?"

„Deine Eltern sind fast durchgedreht, sogar deine Oma ist hergekommen. Ich wusste ja von nichts. Eine Vermisstenanzeige haben deine Eltern aufgegeben. Sie sind vor Angst fast verrückt geworden, als die Polizei bei ihnen war und sie von Davids tödlichem Unfall erfuhren. Aber du warst ja wie vom Erdboden verschwunden."

Erst abends ging Jasmin nach Hause. Sie war todmüde. Und traurig.

„Wo warst du denn? Jasmin, sag mir, was los war."

„Ich bin in Ordnung, Mama. Aber ich musste für eine Weile allein sein. Bitte, versteh das."

„Wir haben die Polizei verständigt, dass du wieder da bist. Du wirst dort einige Fragen beantworten müssen", sagte die Mutter.

Die Großmutter schaltete sich ein. „Aber nicht mehr heute. Das Kind kann sich ja kaum auf den Beinen halten. Komm, Jasmin, ich bringe dich zu Bett."

Jasmin ließ alles mit sich geschehen. Sie war nur froh, dass sie sich in ihrem Bett verkriechen konnte. „Ihr seid schon eine Familie", seufzte die Großmutter.

„Wo ist Pam?" Jasmin hatte das Au-pair-Mädchen nicht gesehen. Von ihr erhoffte sie sich jedoch dringend Auskünfte, die sie von Elena nicht erhalten konnte.

„Die ist nicht mehr im Haus. Aus dem Safe fehlte wieder Geld. Arne ist aber diesmal nicht beteiligt. Er verdächtigt den Jungen, mit dem du weggefahren bist."

„O Gott! Oma, das war nicht David. Das war ich."

Jasmins Großmutter setzte sich zu Jasmin. „Wozu hast du das Geld gebraucht?"

Darauf gab Jasmin keine Antwort. Sie sagte nur: „Es ist alles noch da. Papa kriegt es zurück."

„Schlaf jetzt, Jasmin. Morgen ist auch noch ein Tag. Und du bist ja wieder da."

Am nächsten Tag konnte Jasmin den Fragen ihrer Eltern nicht mehr ausweichen. Sie legte das Geld, das sie aus dem Safe genommen hatte, bei ihrem Vater auf den Schreibtisch. Davids Geld versteckte sie wieder. Sie wusste nicht, was sie damit machen sollte. Aber es ahnte ja auch niemand, dass sie es aufbewahrte.

Schließlich konnte Jasmin die Fragerei nicht mehr aushalten. Sie hatte nicht gesagt, wo sie sich die ganze Zeit über aufgehalten hatte. „Ich musste allein sein, versteht ihr das nicht? David ist tot." Sie weinte, obwohl sie sich vorgenommen hatte, ihre Trauer niemandem zu zeigen.

„Wir hatten Pamela verdächtigt, als das Geld fehlte." Jasmins Mutter sagte das ohne Vorwurf. Die letzten Tage waren nicht spurlos an ihr vorübergegangen. „Sie ist nach Hause gefahren. Du solltest sie anrufen."

Jasmin nickte nur. Ja, das war sie Pamela schuldig. Eine Erklärung wenigstens.

„Und du sollst dich bei der Polizei melden. Kommissarin Wendland. Sie hat Fragen, wegen David."

„Wann soll ich hingehen?"

„So bald wie möglich. Bring's hinter dich, Jasmin."

„Ja."

„Ich habe noch anderes hinter mich zu bringen", dachte Jasmin. Sie rief Immchen von einer Telefonzelle aus an, weil sie nicht wollte, dass jemand aus der Familie mithörte. Von ihr erfuhr sie, dass David schon begraben worden war. „Heut Vormittag."

41.

Noch am selben Tag ging Jasmin ins Polizeipräsidium. „Ja, ich will das alles erledigen. Ich muss wissen, womit Lucky und die andern David beschuldigt haben. Er kann sich ja nicht mehr wehren." Als sie nach der Befragung das Präsidium wieder verließ, kam sie sich genauso schäbig vor wie die anderen, die alles geleugnet und David in die Schuhe geschoben hatten.

Sie war beschämt über ihr Verhalten. „Ich war feige", dachte sie. „Aber David hat doch selbst gesagt, dass ich mich da raushalten soll, falls er mal geschnappt wird."

In einem plötzlichen Entschluss schlug sie den Weg zum Park ein. Wenn sie sich Davids Gedanken dazu vorstellen wollte, dann musste es dort sein, wo sie so oft gemeinsam gesessen und über alles gesprochen hatten.

Es war kein Tag, an dem sich sehr viele Menschen im Freien aufhielten. Jasmin setzte sich auf ihre Bank neben der Birke.

„Was soll ich denn jetzt machen, David?"

Die Gang hat sich Lucky unter den Nagel gerissen. Und sie schieben den Verdacht auf dich. Das ist ungerecht.

Ich war genauso feig. Was soll ich denn jetzt mit dem vielen Geld machen? Wenn ich es deiner Mutter gebe, die dreht durch. Hast du selbst gesagt."

David war so weit weg. Jasmins Gedanken erreichten ihn nicht mehr. Es kamen keine Antworten. Als ihre Freundin Sara gestorben war, hatte sie sich einreden können, mit ihr zu reden. Damals.

Jetzt konnte sie sich nichts mehr einreden.

„Die Kommissarin glaubt mir nicht", dachte sie. „Ich würde es an ihrer Stelle auch nicht tun. Wenn sie Lucky und die anderen gesehen hat, dann musste sie ihnen doch misstrauen. Sie kennt doch solche Typen." Der Gedanke schmerzte, dass David zu denen gerechnet wurde. „Er war doch nicht so", dachte Jasmin. „Ich kenne ihn doch besser als alle anderen. Er hatte doch seine Gründe, warum er das machte. Sonst hätte ich ihn doch nicht geliebt.

Ich liebe ihn noch, werde es immer tun. Das kann ich doch nicht allein auf ihm sitzen lassen, derweil Lucky und die anderen weitermachen werden, sobald sie sich wieder sicher fühlen.

Und Stan, Jannosch. Die werden weiter ohne Risiko andere in den Tod schicken. Weitermachen werden sie auch, weil sie Geld haben wollen. Viel Geld. Immer mehr.

David wollte aufhören, wenn er sein Ziel erreicht hatte.

Wollte. Hätte er es getan? Tun können?

Und ich? Hätte ich immer weiter mitgemacht? Hätte ich geschwiegen, so wie ich schon für ihn, für uns, gestohlen habe?

Warum habe ich mich so in ihn verliebt? Weil er so anders war? Weil ich selbst anders sein wollte? Nicht mehr die nette, langweilige Jasmin, sondern die Freundin von einem Kriminellen. Am Anfang wollte ich doch nur meine Familie schocken, zeigen, dass ich nicht mehr so funktioniere, wie andere mich haben wollen. Und am Ende habe ich alles mitgemacht. Aus lauter Liebe? Nein, David. Es war nicht richtig, was wir getan haben. Es hätte dich nicht glücklich gemacht. Früher oder später hättest du zur Polizei gehen und reinen Tisch machen müssen. Aber trotzdem, du bist kein schlechter Mensch. Es ist ungerecht, dass niemand weiß, warum du all das getan hast."

Sie legte die Hand auf die Stelle der Bank, wo David immer gesessen hatte. Die Stelle war kalt und feucht. Jasmin fröstelte. Aber sie hatte einen Entschluss gefasst. Sie fuhr zum Präsidium zurück und klopfte zum zweiten Mal an diesem Tag an die Tür der Kommissarin Wendland. Diesmal zögerte sie nicht.

„Ich möchte eine Aussage machen."

Isolde Heyne wurde 1931 in Prödlitz bei Aussig geboren. Durch die Nachkriegsereignisse kam sie nach Sachsen und lebte dann in Leipzig, wo sie auch studierte. Seitdem arbeitet sie als freischaffende Schriftstellerin und Journalistin für Verlage, Rundfunk und Fernsehen. Sie schreibt bemerkenswerte Kinder- und Jugendbücher, unter anderem „Treffpunkt Weltzeituhr" (Deutscher Jugendliteraturpreis 1985) und „Sternschnuppenzeit" (Buxtehuder Bulle 1989). Ihre Bücher sind in viele Sprachen übersetzt worden.